Geschichten aus Ystra

Martin Endres

Impressum

Bibliografische Information der Deutschen Nationalbibliothek: Die Deutsche Nationalbibliothek verzeichnet diese Publikation in der Deutschen Nationalbibliografie; detaillierte bibliografische Daten sind im Internet über dnb.dnb.de abrufbar.

Herstellung und Verlag: BoD – Books on Demand,

Norderstedt

ISBN: 9783759758378

FSC
www.fsc.org
MIX
Papier aus verantwortungsvollen Quellen
Paper from responsible sources
FSC® C105338

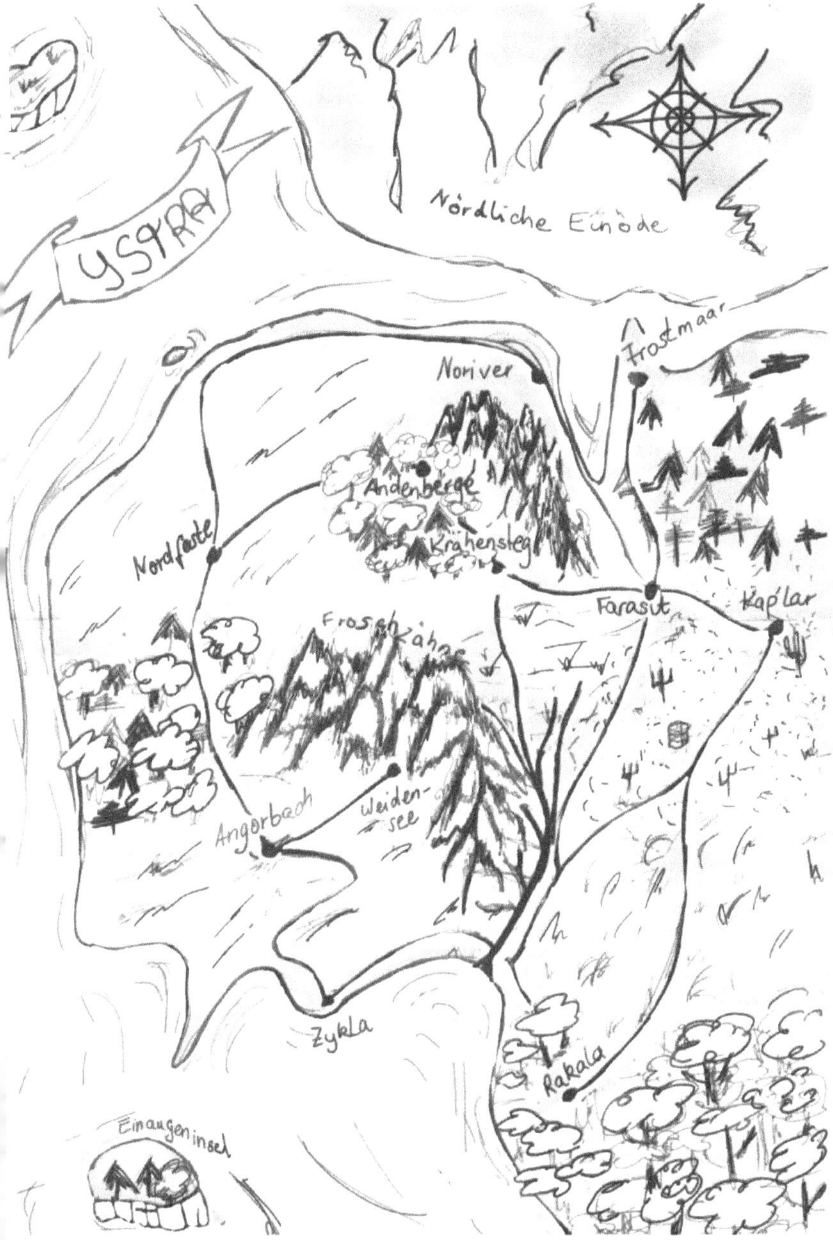
Nördliche Einöde
Frostmaar
Noriver
Andenberge
Krähensteg
Nordfeste
Farasit
Kap'lar
Froschzähne
Weiden-
see
Angorbach
Zykla
Rakala
Einaugeninsel

Die Wunderhöhle

Unsere Geschichte spielt auf dem Kontinent Ystra. In einer Fantasywelt namens Thar An.

Sie handelt von einer 5-köpfigen Abenteurergruppe, die schon seit ungefähr zwei Jahren gemeinsam die bekannten Lande bereist. Da gibt es Tarek, den Zwerg, der immer etwas grummelig daherkommt, und Lohrin, einen Jungen Magier, der trotz all seiner Zauberfähigkeiten öfter mal einfach nur pragmatisch ist. Und Mara, die Elfe, die sich ihre Jugendlichkeit gegen alle widrigen Umstände stets zu erhalten weiß. Der vierte im Bunde ist Sorresson, ein Nordmann, Mitte 20, der öfter mal sehr ungestüm, wie die Axt im Walde daherkommen kann. Zu guter Letzt ist da dann noch Rydran, ein ausgebildeter Krieger, der zugleich den Anführer der überschaubaren Abenteurergruppe bildet.

In der Nähe des Dorfes Angerbach begegnete die Heldenschar einem kleinen Jungen von vielleicht acht Jahren, der in der Nähe einer Hügelgruppe am Wegesrand saß und bitterlich weinte. Bei Nachfrage von Seiten der Abenteurer stellte sich heraus, dass der Junge um seine Katze trauerte, die in eine Höhle jener Hügelgruppe ganz in der Nähe gelaufen war. Das Kind traute sich nicht, in der Höhle nach dem Schoßtier zu suchen. Seine Eltern und auch die anderen Dorfbewohner hatten stets vor dieser Höhle gewarnt, denn angeblich sei ein Betreten sehr gefährlich und es solle darin spuken.

Die Abenteurergruppe fasste sich ein Herz und versprach dem Jungen, in der Höhle nach seiner Katze zu suchen. Er selbst sah daraufhin verstört auf und konnte es kaum glauben. Immer noch schniefend, versuchte er, sich die Tränen aus den Augen zu wischen. „Das ist sehr nett von euch, ihr Fremden. Danke. Aber ich kann nichts dafür als Belohnung anbieten. Wenn ihr es denn wirklich tun wollt.“, sagte er und versuchte erneut Tränen zu unterdrücken. Die Gefährten sahen einander kurz an und nickten sich zu. Schließlich trat Mara, die Elfe vor und versuchte, dem Jungen mit ihren Worten Hoffnung und Zuversicht zu geben. „Ein glückliches Kind ist Belohnung genug.“ Damit war alles gesagt und der Beginn eines Abenteuers gefasst. Die Helden marschierten an dem Jungen vorbei auf den Eingang der Höhle zu. Tarek, der Zwerg klopfte dem kleinen Jungen dabei noch kurz aufmunternd auf die Schulter. Am Eingang der Gesteinswand angekommen, machten sich die Abenteurer ein erstes Bild von der Höhle. Im Fackelschein war nur das natürliche Gestein der umgebenden Felswände zu erkennen. Ein etwas abfallender und schmaler Gang führte von dieser Eingangshöhle leicht abwärts tiefer in die sich darüber auftürmende Hügelkette hinein. Der weiterführende Gang war wirklich sehr schmal, aber immer noch breit genug, um ganz langsam und vorsichtig im Gänsemarsch voranschreiten zu können.

Am Ende dieses Ganges erreichten die Helden eine Tropfsteinhöhle von vielleicht 10x10 Metern Ausmaß. Zahlreiche Stalaktiten hingen in ungefähr 6 Meter

Höhe von der Höhlendecke herab. Und auch am Boden der Höhle ragten zahlreiche Stalagmiten in die Höhe. Es war auf den ersten Blick zu erkennen, dass von dieser Höhle noch einige weiterführende Gänge abgingen, die wohl noch weiter ins Erdinnere führen mochten. Doch zunächst untersuchten die Abenteurer die gerade eben betretene Tropfsteinhöhle. Am Fuße eines der Stalagmiten entdeckte Lohrin, der Magier, ein Skelett, dass ein goldenes und mit Juwelen besetztes Medaillon um den Hals gewunden hatte. Stolz zeigte er den Gefährten seinen Fund. Tarek, der Zwerg, betrachtete das Schmuckstück sehr genau und verkündete, dass es gut und gerne um die 60 Goldmünzen wert sein mochte. „Das ist wahrlich genug Belohnung für das Aufspüren einer Katze.“, meinte Sorresson, der Nordmann. Im Folgenden untersuchten die Abenteurer die Tropfsteinhöhle noch einmal sehr genau, um nicht doch noch etwas sehr Wichtiges übersehen haben zu können. Es taten sich so keine besonderen Erkenntnisse mehr auf. Nach einer kleinen Weile als Verschnaufpause, wandten sich die Helden den weiteren Gängen dieser Höhle zu und suchten systematisch weiter. An dieser Stelle alle weiteren Gänge und Höhlen beschreiben zu wollen, welche die Gefährten noch entdeckt hatten, würde den Rahmen dieses Berichtes sprengen. Doch mussten die Helden unter anderem in einer weiteren Höhle erfolgreich gegen eine riesige Spinne kämpfen und sich in einem anderen Teil dieses unterirdischen Höhlensystems gegen eine Schar äußerst lästiger und auch sehr aggressiver Ratten behaupten. Auch ein Scharmützel mit einem Riesenfledermauspärchen mussten die Abenteurer ausfechten. Schließlich erreichte die Gruppe eine ebenerdige

Höhle, in der in der einen Ecke eine steinerne Statue einer bürgerlichen Frau stand. Die Höhle war ansonsten aber verlassen und leer. So stand die Gruppe zunächst vor der Statue und betrachtete diese genauer. „Ob diese Statue vielleicht mit Magie behaftet sein könnte?“, fragte Rydran, der Krieger, mit fragendem Blick in Richtung des Magiers Lohrin. Der Zauberkundige ließ sich nicht lange bitten und wirkte einen Magieaufspürzauber auf das steinerne Kunstwerk. Daraufhin leuchtete die Statue in einem roten Licht auf, wodurch die Helden wussten, dass das Abbild der bürgerlichen Frau tatsächlich irgendwie magisch sein musste. Den Nordmann durchzuckte mit einem Mal ein Geistesblitz. Wobei er sich dabei aber nicht sicher war, ob es so wirklich seine Idee gewesen ist, oder ob ihm diese Eingebung vielleicht auch auf eine magische Art und Weise von irgendwoher eingeimpft wurde. Er trat vor und legte der Statue das in der Tropfsteinhöhle gefundene Medaillon um den Nacken und trat dann zwei Schritte zurück. Das Medaillon leuchtete im hellen Glanz auf und es ertönte ein kräftiges Donnergrollen im direkten Anschluss. Weiß-blauer Nebel stieg auf und verdichtete sich zur schemen- und geisterhaften Gestalt einer Frau, Mitte vierzig, die die Gefährten mit gütigem Gesicht anblickte.

Die Abenteurergruppe blieb geschlossen erstarrt stehen, gefangen von einer fremden Macht, während jeder Einzelne merkte, wie ihre Gedanken und Seelen von dieser geisterhaften Erscheinung geprüft und gelesen wurden.

Der Moment der Paralyse war nach einem kurzen starren Augenblick vorbei und die Helden konnten sich erleichtert entspannen. Mit dem Wissen, dass dieser Geist nichts Böses wollte oder irgendeine Gefahr darstellte.

„Ich sehe, dass ihr Leute mit einem guten Herzen seid. Und ich weiß, dass ihr als Gruppe einem kleinen Jungen versprochen habt, seine Katze zu finden. So schaut euch in dieser Höhle um und ihr werdet einen Mechanismus finden, der folgende Geheimtür öffnet.", erklärte die Geisterfrau und löste sich in Nichts auf. Im selben Moment erstrahlte ein bestimmter Abschnitt der Höhlenfelswand im roten Glanz.

Noch ganz benommen von den Erfahrungen mit diesem freundlichen Geist, machten sich die Helden daran, die besagte Felswand genauer zu untersuchen. Denn die Katze war ja noch immer nicht gefunden, und der Tipp vom Geist mochte ja auch der entscheidende Hinweis sein, um den Auftrag schlussendlich irgendwann zum erfolgreichen Abschluss bringen zu können.

Die Gefährten wussten nun, an welcher Stelle sie suchen mussten und betrachteten den entsprechenden Felsabschnitt genauer. Dem Zwerg fiel dabei eine Nische auf, in die er nach kurzem Zögern hinein lugte. Er konnte mit der ganzen Armlänge hineinreichen und bekam einen Hebel zu fassen, den er sogleich umlegte. Daraufhin teilte sich der Felsabschnitt in zwei gleich breite Teile, die zur Seite schwangen und den Blick freigaben in einen weiterführenden Gang.

Die Abenteurergruppe begab sich, wieder im Gänsemarsch, in diesen neuen und geheimen Gang hinein. Der Krieger Rydran , der voranging, betätigte dabei unabsichtlich eine Druckplatte im Boden, wodurch sich die steinerne Geheimtür hinter den Gefährten schloss. Mit vorsichtigen Schritten folgten die fünf Freunde dem neu entdeckten Gang, der sich mindestens zwanzig Schritt weit dahin schlängelte, bis sie in die Nähe eines Höhleneingangs gelangten, von dem aus gedämpftes Fackellicht in ihre Richtung schien. Unbemerkt konnten die Abenteurer einige erste Blicke in die schwach erleuchtete Höhle vor ihnen werfen.

Drei noch eher junge Orks saßen hier um eine Feuerstätte herum, und etwas abseits, in einem engen Käfig, die zu findende Katze. Was soll man sagen? Die drei Orks, die keine echte Gefahr für die Abenteurergruppe darstellten, waren am Ende ziemlich schnell besiegt und die Katze damit gerettet. Da auf diese Weise, die selbst auferlegte Queste vollbracht war, schleppten die Helden die Katze samt Käfig wieder nach draußen. Der Rückweg aus diesem Höhlensystem war leicht zu finden und stellte keine Gefahr mehr dar. Sorresson, der Nordmann, war geistesgegenwärtig genug, sich das bei der Statue benutzte Medaillon auf dem Rückweg abzuholen und in seinem Rucksack zu verstauen. Die Helden übergaben die Katze, immer noch im Käfig, schlussendlich an sein Herrchen zurück, der die ganze

Zeit geduldig draußen in der Nähe der Höhlen gewartet hatte. Der kleine Junge freute sich sichtlich, seine geliebte Katze wiederbekommen zu haben und lief zurück in sein Dorf, nachdem er sich überschwänglich bei den fünf Gefährten bedankt hatte. Als der Junge aus dem Blickfeld verschwunden war, setzten die Abenteurer zufrieden ihre Reise durch den Kontinent Ystra fort, neuen Abenteuern entgegen.

Der Wald

„Ein Zwerg gehört nicht in einen Wald, der von Elfen bewohnt wird.“, grummelte Tarek vor sich hin. „Jetzt hab dich nicht so.“, lachte Mara, die Elfe. „Oder kannst du so viel Schönheit um dich herum nicht aushalten?“, neckte sie ihn. „Ich werde nie verstehen können, wie man freiwillig in oder unter einem Berg wohnen kann. Das ist doch wie in einem Kerker, oder wie in einer Gruft. Wenn ich dagegen an die endlose Weite und Freiheit des Meeres denke...“, gab der Nordmann Sorresson auffallend spitzbübisch zum Besten. Denn er sah sich gezwungen, auch seinen Senf dazugeben zu müssen. Tarek, der Zwerg, murmelte sich betont leise und äußerst grummelig etwas in seinen langen, geflochtenen Bart hinein. Diesmal völlig unkommentiert von seinen Mitstreitern. Vielleicht war dies auch besser so. Die Abenteurergruppe befand sich in den lichten Ausläufern der Wälder, die sich um die legendären Gebirgszüge der Froschzähne herum an die Felsenlandschaft anschmiegten. Alle Helden waren bester Laune. Bis auf Tarek, den Zwerg, der seine eigenen Ansichten zum Thema Wälder und nun auch zum Thema Elfen vertrat. Doch er biss sich auf die Zunge und ließ seine Kumpanen nicht an seinen mitunter durchaus sehr finsteren Gedanken teilhaben. So schritt die Abenteurergruppe fröhlich und ausgelassen durch das wäldliche Unterholz. Doch was war das auf einmal? Diese Laute, als ob Metall auf Metall klirren würde, waren aus nicht allzu ferner Nähe zu hören, immer wieder.

„Nehmt das, ihr dreckigen kleinen Goblins! Lasst mich in Ruhe! Verschwindet!" Die männliche Stimme dazu hörte sich sehr energisch, aber gleichzeitig auch sehr erschöpft an. Unsere Helden nahmen die Beine in die Hand und liefen in die Richtung, aus der die Rufe und auch der Kampfeslärm kamen. Auf einer kleinen Lichtung in diesem Wald erreichten die Gefährten den Schauplatz eines sehr ungleichen Kampfes. Ein junger erwachsener Elf verkaufte seine Haut so teuer wie möglich in einer Auseinandersetzung mit acht verbliebenen Goblins. Zwei kleine Goblinkörper lagen bereits leblos am Boden, doch auch der Elf war bereits von vielen kleineren Wunden gezeichnet. Ohne weiter Umschweife griffen die Abenteurer äußerst beherzt in dieses ziemlich unausgewogene Gemetzel ein. Mara, die Elfe und Lohrin, der Magier, ließen sich nicht lange bitten und wirkten beide jeweils einen Energielanzen-Zauber, unter dem zwei weitere Goblins, nun ihrer Lebenskraft beraubt, zu Boden gingen. Direkt danach stürzten sich Mara und Lohrin ebenfalls ins Getümmel, um ihren Freunden und dem fremden Elfen im Nahkampf, Mann gegen Mann, beizustehen. Es dauerte nicht allzu lange, und drei weitere Goblins sanken tot auf den Waldboden dahin. Den verbliebenen kleineren Vettern der Orks wurde daraufhin wohl der Boden unter den Füßen zu heiß und verschwanden ziemlich schnell von der Lichtung ins Unterholz. Die Abenteurergruppe verzichtete darauf den Kreaturen hinterher zu pirschen und wandte sich dem jungen Elfen zu. Dieser konnte sich kaum noch auf den Beinen halten und sank mit einem gehauchten „Danke" auf den Waldboden dahin.

Er selbst lebte zwar noch, doch auch er war dem Tode nahe. Lohrin, der Magier, ließ der Elfe Mara den Vortritt, um einen Heilzauber auf den geschwächten Körper des jungen männlichen Elfen anzuwenden.

Durch die Heilmagie gestärkt, setzte sich der junge Elf auf und schaute verwundert um sich. Er erblickte die Helden, die sich dicht um ihn geschart hatten und dankte diesen, immer noch sehr erschöpft, wie man seiner Stimme nach unschwer vernehmen konnte, für die Rettung seines Lebens.

„Mein Name ist Aururiel," stellte der sich den Abenteurern vor, „und ich wurde ausgesandt, um Hilfe für unsere kleine Baumhaus-Hütten-Siedlung zu holen." Der Elf wischte sich mit dem Handrücken über den Mund. „Eine doch enorme Goblin-Horde hat uns sozusagen den Krieg erklärt und zahlreiche unserer Baumhütten in Brand gesetzt. Sie werden von einem Oger angeführt, der, für einen Oger, gar nicht so dumm zu sein scheint. Schließlich erreichte ich mit meinem Auftrag im Sinn diese Lichtung... den Rest der Geschichte kennt ihr ja. Habt nochmals Dank. Ohne euch hätte ich diese Begegnung mit dem Goblin-Trupp hier nicht überlebt. So besteht noch Hoffnung für unser Baumhaus-Dorf. Aber nur dann, wenn ihr mich denn auch bis dorthin zurückbegleiten wollt." Erwartungsvoll schaute er zu den fünf Gefährten auf.

Der Krieger Rydran, der auch den augenscheinlichen Anführer der kleinen Heldenschar ausmachte, trat vor, nachdem die Gruppe sich kurz beratschlagt hatte, und ergriff das Wort. „Natürlich helfen wir euch in eurer Not. Wenn du uns dann zu eurem Elfendorf zurückführst.“ Es galt nun, keine Zeit zu verlieren. Und so machten sich alle Beteiligten unter der Führung von Aururiel, auf den Weg zurück zu seiner angestammten Heimstatt. Nach endlos scheinenden drei Stunden Marsch im erhöhten Tempo durch den Mal mehr, mal weniger dichten Wald erreichten die Charaktere mit dem Elfen zusammen den Schauplatz der Schlacht um die wenigen verbliebenen Baumhäuser dieser Elfensippe. Es roch ziemlich aufdringlich nach verbranntem Holz und überall an den Bäumen loderten die Flammen. Es war nahezu ein Wunder, dass hier nicht das ganze Waldgebiet in einem einzigen großen Feuer aufgegangen war.

Auf einer zwischen zwei Baumhäusern gespannten Holzbrücke mit einer Länge von vielleicht zwanzig Metern, hatten sich acht Elfen aufgereiht, die mit Pfeil und Bogen auf die am Erdboden versammelten Goblins zielten und auch hin und wieder einen tödlichen Treffer landen konnten. Die Schlacht war im vollen Gange und auch schon einigermaßen weit fortgeschritten. Auf dem Erdboden lagen an die dreißig leblosen Körper der eher kleinen Goblins, dazwischen zehn Leichname, die dem Elfenvolk zuzurechnen waren. Ungefähr noch einmal dreißig Goblins waren aber noch sehr lebendig und warfen den verbliebenen Elfen auf der Hauptbrücke stetig faustgroße Steine entgegen. Ein Oger mit einer Halskette um den Nacken hielt sich etwas abseits und feuerte die verbliebenen dreißig Goblins an, genauer mit dem Steinwerfen auf die Elfen zu zielen. Offenbar hatten die Kreaturen unter dem Befehl des Ogers ihre Taktik geändert und zunächst damit aufgehört, weiterhin in irgendeiner Forn Feuer legen zu wollen. Die nun eingetroffene kleine Heldenschar dachte nicht lange nach und stürzte auf die kleineren Angreifer ein. Der Krieger Rydran und der Zwerg Tarek kümmerten sich um den Oger. Und schlugen mit mächtigen Hieben auf ihn ein. Immer mit der Absicht, den Anführer der kleinen Horde, der ohnehin schon etwas abseits der Goblinschar stand, auch weiterhin von seiner kleinen Armee getrennt zu halten.

Aururiel, die Elfe Mara und Sorresson, der Nordmann, warfen sich todesmutig mitten in den Goblinhaufen hinein, um die Angreifer zu beschäftigen und vom Steine werfen abzuhalten. Der junge Magier Lohrin hielt sich zurück, am Rande des ganzen Kampfgeschehens, und wirkte zunächst drei aufeinanderfolgende Energielanzen-Zaubersprüche. Unter denen dann auch drei Goblins tot zu Boden gingen. Erst danach warf auch er sich den kleinen Kreaturen entgegen, um ihnen im Nahkampf, Mann gegen Mann, zu begegnen und Hiebe mit seinem wehrhaften Zauberstab auszuteilen. Die Elfen auf der Holzbrücke warteten kurz und ließen sich daraufhin an geflochtenen Seilen herab, um der unerwarteten Verstärkung in der Schlacht auf dem Waldboden beizustehen.

Der Oger fiel schließlich unter dem finalen Schwerthieb des Kriegers Rydran und kippte seiner Länge nach leblos nach hinten um. Die Goblins, die sehr wohl mitbekommen hatten, dass ihr Anführer nun nicht mehr unter ihnen weilte, bekamen es mit der Angst zu tun und ergriffen im Folgenden die Flucht. Von den Anfangs über sechzig Goblins konnten sich so dann gerade einmal acht Rotpelze ins dichte Unterholz retten. Die Elfen dagegen hatten durch die Hilfe der Gefährten keine weiteren Todesopfer zu beklagen. Das Scharmützel um die Elfenheimat war so nun letzten Endes geschlagen und vorüber. Doch zum Feiern oder zum großartigen Jubeln waren die Überlebenden zu erschöpft und das gerade Geschehene leider noch nicht so lange her.

Die Elfen, allen voran Aururiel, bedankten sich aufrichtig und herzlichst bei den fünf Helden, die nach Erledigung dieser sehr blutigen Aufgabe möglichst rasch weiterziehen wollten.

Dem Krieger Rydran wurde zum Zeichen dieses Dankes ein besonders schönes und formvollendetes Schwert überreicht, dass auch ohne großartige Erklärungen des Elfenvolkes als magische Waffe zu identifizieren war. Lohrin, der junge Magier, sah sich die Halskette des Ogeranführers an, und erkannte durch einen Magieerkennungs-Zauber, dass auch diese Halskette magisch war. Wie sich später noch herausstellen sollte, wird die Klugheit des Trägers der Halskette durch das Umlegen dieser deutlich gesteigert.

Die Abenteurer ließen die Elfen mit der Bestattung ihrer Toten und der anschließenden Trauerzeremonie allein zurück und schlugen einen direkten Weg nach Norden ein, mit der Hoffnung in ein paar Tagen die Hafenstadt Noriveer zu erreichen.

Die alte Burgruine

Unsere Reisegruppe erreichte nach langer Wanderung durch den Kontinent Ystra schlussendlich die Stadt Andemberge. Zielstrebig und kompromisslos steuerten die Gefährten die nächste Taverne an, um sich ein paar Humpen Bier für kleines Gold zu gönnen. Es war bereits spät am Abend, als sie in dem Laden ankamen, um es sich dort gemütlich zu machen und ihre Kehlen zu befeuchten. In einer Ecke der Taverne, ganz allein an einem Tisch, saß ein wirklich alter Zwerg, der auffällig oft zu den Helden herüberschaute und wohl auch schon einiges an alkoholischen Getränken intus haben mochte. Schließlich kam er zu der Gruppe herüber und nahm an deren Tisch ungefragt und auch ziemlich aufdringlich Platz. Er begann zu reden. Wieder völlig ungefragt. Seine Alkoholfahne war geschlagene drei Kilometer gegen den Wind zu riechen. „Ich habe hier eine Schatzkarte, die zu einer verlassenen Burgruine ganz in der Nähe dieser Stadt führt. Für eine Goldmünze überlasse ich euch diese Karte, denn ich bin zu alt und zu müde und verspüre keine Lust mehr, heutzutage noch großartig auf Abenteuer auszuziehen. Unter der Burgruine soll es ein geheimes Gewölbe geben, so munkelt man hier, in dem angeblich einige Schätze zu holen seien. Also, was haltet ihr von diesem Geschäft? Ihr könnt Schätzen nachjagen und ich hätte mein Auskommen für die nächsten paar Tage…“

Nach kurzer Beratschlagung überließen die fünf Abenteurer dem Zwerg die geforderte Goldmünze und bekamen die vermeintliche Schatzkarte auf den Tisch hingeworfen. Mit einem kräftigen und lauten Rülpser strich der Zwerg das Gold ein und entfernte sich vom Platz der Gefährten, um die Taverne torkelnd zu verlassen, begleitet von vielen weiteren kräftigen und lauten Rülpsern. Mit der Schatzkarte allein gelassen, begannen die fünf Freunde, diese ausgiebig zu studieren. In der rechten oberen Ecke der grob angefertigten Zeichnung war der Name, oder Begriff, „Taman“ in Großbuchstaben vermerkt. Ansonsten waren auf dem Pergament nur die Grundstücksumrisse einer kleinen Festung zu erkennen. In dem Teil, der wohl den Bergfried der Burg darstellen sollte, war ein großes X eingetragen. Vielleicht wäre hier ja der Einstieg in das besagt unterirdische Gewölbe zu finden, beratschlagte die Gruppe, bevor sie sich in einer der Taverne angehörigen Schlafhalle zurückzogen, um sich von der langen Wanderung und den vielen Humpen Bier auszuruhen und tüchtig auszuschlafen.

Am nächsten, und auch späten Morgen machten sich die Abenteurer auf den Weg zur beschriebenen Bergruine. In besagter Marschrichtung erreichten die Gefährten das ziemlich in sich zusammengefallene Bauwerk, von dem größtenteils nur noch das Torhaus und der Bergfried weitestgehend erhalten geblieben waren. Der Marsch zu dieser Ruine dauerte 3 Tage und die Helden erreichten diese Überbleibsel am Mittag des dritten Tages. Unterwegs heulten eines Nachts die Wölfe, jedoch ohne sich selbst zu zeigen. Und die

Gefährten mussten eine Orkbande, bestehend aus 9 Orks, vorsichtig, leise und unauffällig umschleichen. Da letzteres ja auch gelang, konnten sie so die Festung, oder was von dieser noch übrig war, ungefährdet und sicher erreichen. Die fünf Freunde machten sich einen Spaß und betraten den nur noch von niedrigen Grundmauern eingeschlossenen Innenraum der Festungsruine durch das noch relativ gut erhaltene Torhaus, da das zweiflügelige Zugangstor nur noch windschief und offen zu beiden Seiten in den Angeln hing. Der Bergfried an sich war vielleicht zur Hälfte eingestürzt, doch die stattliche untere Hälfte war immer noch sehr gut erhalten. „Was für ein trauriger Ort.“, meinte Tarek der Zwerg. „Hier hat an allem der Zahn der Zeit kräftig genagt.“ Kaum hatte er dies in normaler Lautstärke gesagt, wurde das Eingangstor von einem großen Oger mit dem Fuß aufgestoßen. Wie ein wild gewordener Berserker rannte er auf die fünfköpfige und kleine Schar zu. Doch er rechnete nicht mit der Entschlossenheit der Abenteurer. So war ihm schon sehr bald der Garaus gemacht. Schlussendlich sank er tödlich getroffen zu Boden.

Weitere Gegner taten sich für den Moment nicht auf und es war so auch keine zusätzliche Gefahrenquelle zu entdecken. Nach einem kurzen Rundgang innerhalb der nur noch im Ansatz ummauerten Burgruine, wandten sich die Helden dem halbwegs erhaltenen Bergfried zu und betraten diesen vorsichtig und auf der Hut, durch das vom Oger aufgetretene Tor. Im Inneren des Bergfrieds konnten die Abenteurer sehen, dass von diesem Bauwerk nur noch die äußeren Mauern erhalten geblieben waren. Das Dach selbst fehlte. Und in der einsetzenden Abenddämmerung konnte man ungehindert den sich verdunkelnden Himmel betrachten, als die Gefährten den Blick nach oben wandten. Da dies nicht weiter relevant war, betrachteten die Abenteurer den Fußboden des Bergfrieds, in dessen ungefährer Mitte eine geschlossene Falltür zu sehen war. Sorresson der Nordmann entzündete eine Fackel, da die Sonne mittlerweile an diesem Abend untergegangen war. Rydran, der Krieger der Gruppe, fasste sich ein Herz und öffnete die besagte Falltür. Von unten, durch die Öffnung heraus, strahlte die Dunkelheit nach oben. Sorresson trat vor und leuchtete mit seiner Fackel in die Finsternis unterhalb der Öffnung hinein. Ohne Vorwarnung quoll daraufhin ein nicht enden wollender Schwarm Fledermäuse aus der geöffneten Falltür heraus, der die Gruppe für gefühlt eine halbe Ewigkeit umschwirrte, um dann im sich über dem Bergfried auftürmenden Nachtdunkel zu verschwinden. Durch diesen vollkommen unerwarteten Überfall dieser kleinen Säugetiere trug jeder Einzelne der Gruppe eine kleine Blessur davon. Nach diesem überraschenden Schreck zu früher Nachtstunde fasste sich Sorresson sozusagen erneut ein Herz und leuchtete ein zweites Mal in die vorhandene Öffnung hinein.

Im Fackellicht war nur eine leere, aus Ziegelsteinen gemauerte Kammer zu entdecken. Doch eine nach unten führende Treppe fehlte. So machte sich die Gruppe gemeinschaftlich daran, Haken in die Mauern des Bergfrieds zu schlagen, um sich dann per daran verknotetem Seil nacheinander und überaus vorsichtig in diese entdeckte Kammer hinabzulassen. Dieser gemauerte Raum lag ungefähr 10 Meter unterhalb des Fußbodens des Bergfrieds und war auch wirklich an jeder Stelle ungefähr 10 Meter hoch. In der Ostseite der vielleicht 8 mal 8 Meter messenden Kammer war eine große Holztür zu sehen, die im Laufe der Zeit aber schon kräftig gelitten haben musste. Es war deutlich zu erkennen, dass der Zahn der Zeit ihr bereits mächtig zugesetzt hatte. Nachdem dann Sorresson und Tarek der Zwerg an jener Tür gelauscht hatten und keine verdächtigen oder besorgniserregenden Geräusche hören konnten, schlugen die Abenteurer kurzerhand auf die immer noch verschlossene, wenn auch morsche Tür ein, bis diese den Weg in eine zweite, etwa gleichgroße Kammer freigab. An der, von der Tür aus gesehen, gegenüberliegenden Seite war ein wohl magischer Mund eingelassen. Besser gesagt, ein magisches Gesicht, denn Augen und Nase aus gemauertem Gestein waren deutlich zu erkennen und nicht zu übersehen. „Wer seid ihr?“, fragte dieses Gebilde die Abenteurer. Tarek der Zwerg trat überaus selbstbewusst vor und fing an mit: „Wir sind...“

Doch weiter kam er nicht, denn die gesamte Heldengruppe wurde daraufhin, wie durch Geisterhand für eine kurzen Moment durch die Luft gewirbelt, bis jeder einzelne mal mehr und mal weniger hart auf dem Boden aufschlug. Die Charaktere brauchten eine kleine Weile, bis sie sich von diesem Schock erholt und dann auch berappelt hatten. Nachdem die Gefährten aufgestanden waren und sich auch seelisch gesammelt hatten, bedeutete Lohrin seinen Kompagnons still zu sein und baute sich vor dem magischen Mund auf. Dieser fragte daraufhin erneut:

„Wer seid ihr?“

Lohrin nahm sich einen kurzen Moment Zeit, bevor er mit klarer und fester Stimme antwortete:

„Taman!“,

sprach der junge Magier, der sich als einziger daran erinnern konnte, dass dieser Name auf der Schatzkarte vermerkt gewesen war.

Der magische Mund, oder besser gesagt, das steinerne Gesicht verschwand, daraufhin, etwa drei Sekunden später, nachdem das richtige Losungswort gegeben war. Die magische Sperre löste sich einfach in Luft auf und gab einen knapp 2 Meter breiten Gang frei, der langsam, aber stetig immer ein kleines bisschen mehr abwärts führte. Die Gruppe folgte diesem Gang, der sie weiter ins Erdinnere führte.

Dadurch erreichten die fünf Freunde an dessen Ende eine einfache, aber dennoch prunkvolle Tür, die jedoch verschlossen war. Nach kurzer Beratschlagung wurde von der Gruppe entschieden, dass Lohrin einen

Toröffnungszauber wirken sollte, um die Tür öffnen zu können. Die Helden wollten diese auf gar keinen Fall mit Gewalt einschlagen. Nach dem erfolgreichen Zauberspruch konnten die Charaktere den dahinter liegenden Raum problemlos betreten.

Kaum hatten sich die Abenteurer in diesem nächsten Raum versammelt, trat aus einer Ecke heraus ein Lehmgolem hervor, der mit seinen Fäusten wahllos auf die Charaktere einschlug. Mal mit mehr und mal mit weniger Geschick konnten sich die einzelnen Helden vor den Schlägen des Golems wegducken. Trotz allem, konnte das Konstrukt einige Treffer landen. Und es dauerte auch einige Zeit, bis der Golem nach zahlreichen Treffern, zerschmettert am Boden lag. Zauber, wie zum Beispiel der Energielanzenzauber wären ja ohnehin ohne Wirkung geblieben, doch konnte auch Lohrin der Magier mit seinem Zauberstab einige erfogreiche Schläge setzen. In den ziemlich zertrümmerten und verstreuten Überresten des Golems lag ein 50-karätiger roter Rubin, wie sich nach der Begutachtung des Zwerges Tarek herausstellte. Der Raum selbst erschien kahl und leer. Irgendwie ging es an dieser Stelle nicht wirklich weiter für die Helden. So suchten diese die vorhandenen Seitenwände und auch den Fußboden des Golemraumes genauer ab. Und tatsächlich. In der, von der prunkvollen Eingangstür aus gesehen, rechten Seitenwand war eine kleine Vertiefung zu sehen. Nach eingehender Untersuchung stellte sich heraus, dass der kurz zuvor gefundene Rubin in diese Vertiefung hineinpasste. Die Charaktere beratschlagten sich eine kleine Weile und entschieden dann einstimmig, den Rubin auch wirklich in diese Vertiefung einzusetzen. Daraufhin erstrahlte die gesamte Steinwand in einem strahlenden und gleißend hellen Licht. Um im nächsten Moment dann auch schon komplett verschwunden zu sein. Einfach in der Luft aufgelöst und nicht mehr da. So wurde nun der Blick freigegeben auf eine 4 mal 4 Meter durchmessende ebenerdige räumliche Nische. Auf einer steinernen und kunstvoll verzierten Halterung war ein normal großes Langschwert zu sehen, dessen polierter Glanz im dämmrigen Licht des Fackelscheins der Helden im Halbdunkel sozusagen zurück funkelte.

Etwas abseits davon stand auf einem quadratischen Sockel, ebenfalls aus Stein, eine ebenso steinerne Kugel, die einen runden Rahmen aus purem Gold aufgesetzt hatte. Ein Stirnreif, wie der junge Magier Lohrin gegenüber seinen Kollegen anmerkte.

„Dafür der ganze Aufwand?“, brummelte der Zwerg Tarek in die Stille des Raumes hinein und war sichtlich enttäuscht. Lohrin lachte und wirkte gleich im Anschluss darauf einen Magieerkennungszauber, der die beiden besonderen Gegenstände, das Schwert und den Stirnreif im roten Licht aufleuchten ließ. Dadurch wussten die Abenteurer, dass beide Gegenstände magisch sein mussten. „Ein magisches Schwert. Das finde ich echt toll.“, warf der Krieger Rydran ein. „Damit hätten wir dann auch bessere Chancen im Kampf gegen einen Dämon, beispielsweise.“

„Male bitte nicht gleich das Leibhaftige an die Wand. Ich wäre sehr froh, wenn ich in meinem ganzen Leben erst gar keinem Dämon begegnen würde.“, entgegnete Mara, die Elfe. Die Helden sahen dabei einander an und keiner konnte dabei ein Grinsen unterdrücken. Die beiden magischen Schätze werden in den Rucksäcken verstaut und die Glücksritter verließen alsbald den unterirdischen Dungeon unterhalb dieser Bergruine. Aber nicht, ohne die unterirdischen Räumlichkeiten noch einmal, mehr oder weniger genau, zu untersuchen. Als sich die Gefährten sicher waren, dass sie hier unten nichts übersehen haben konnten, traten sie den Rückzug an. Auch die Bergruine lag bald hinter den Abenteurern zurück. So gingen sie schnurstracks, soweit die Vegetation es zuließ, der Stadt Andemberge entgegen.

Ein weiteres Abenteuer war damit beendet und der Lohn der Mühen ein magisches Schwert. Und ein Zauberkraft-Speicher-Stirnreif, wie sich später noch nach eingehender Untersuchung durch einen hochstufigen Magier herausstellen sollte. Unsere Helden jedenfalls waren glücklich und zufrieden und voller Vorfreude auf die nächste Queste.

Ein Stern

Nach einem langen Marsch durch die nördlichen Gefilde des Kontinents Ystra erreichte die Abenteurergruppe um den Krieger Rydran schlussendlich die Hafenstadt Noriveer. Dort, in dieser Ortschaft trafen die Helden in einer Taverne des Seeviertels auf den Kapitän des Schiffes „Schollenbrecher. Der Kapitän selbst hieß Ahan Kurrenbart und hatte ein großes Interesse daran, die fünf Charaktere für seine Expedition in den höchsten Norden Ystras zu interessieren und anzuheuern.

Er kramte in seiner mitgeführten Umhängetasche herum und legte am Ende seiner erfolgreichen Suche in seinen Habseligkeiten einen Gegenstand auf den Tisch. Es handelte sich um einen 20x20 cm großen gläsern wirkenden Stern, der zudem ungefähr 5 cm dick war. Flach lag er dort auf dem Tisch der Taverne. Tarek, der Zwerg, ließ sich nicht lange bitten und nahm den Stern in die Hand, um ihn genauer zu betrachten. „Er fühlt sich kalt an.“, bemerkte er nachdenklich. „Doch trotz allem fängt er nicht damit an zu schmelzen unter den Berührungen meiner angewärmten Hände.“ Neugierig schaute er Kapitän Ahan an. „Was hat es mit deinem Gebilde auf sich?“, fragte er. „Ihre werdet uns diesen Stern nicht umsonst vorgelegt haben.“

Ahan lehnte sich entspannt auf seinem vorab herangezogenen Stuhl zurück und begann direkt mit seiner Erzählung. „Dieser Stern aus immerwährendem Eis ist ein magischer Schlüssel zu einer Schatzkammer, die geographisch gesehen in den nördlichsten Ausläufern der Frostkämme liegt. Ich war schon einmal dort und habe bereits den größten Teil jenes Schatzes weggeschafft mit meiner „Schollenbrecher". Nun suche ich ein paar Söldner wie euch, die mich und meine Crew auf dem erneuten Weg dorthin begleiten, um uns vor etwaigen Gefahren und Schwierigkeiten erfolgreich schützen zu können."

Der Kapitän machte eine kurze Pause und nahm einen kräftigen Schluck Bier aus seinem Humpen, bevor er fortfuhr. „Die Seereise dorthin sollte normalerweise sehr ruhig verlaufen, doch kommen wir auf dieser Fahrt auch sehr nah an von Yetis besetztes Land heran. Und schon bei der letzten Tour hatten es die vorigen Söldner mit diesen Schneemenschen zu tun bekommen, um sich dann lustlos aus dem Staub zu machen, nachdem sie, zurück in Noriveer, ihre Belohnung und ihren Anteil eingestrichen hatten. Nicht nur Yetis, sondern auch andere Monster können in der Einöde des ewigen Eises auf uns warten. So brauche ich ein paar fähige Schwertarme wie eure, um solchen Gefahren trotzen zu können. Eine andere Herausforderung besteht darin, einen Weg durch das Eismeer und das vorhandene Packeis zu finden. Doch dies ist meine Aufgabe als Kapitän der „Schollenbrecher". Ihr selbst sollt nur meine persönliche Eskorte darstellen." Kurrenbart nahm noch einmal einen großen Schluck Bier zu sich, ehe er zum Ende und auf den Punkt kam. „Ich zahle jedem von euch einen Silbertaler pro Tag, den wir auf den Ozeanen verbringen, bis wir schlussendlich, durch die Gnade unserer Götter, hoffentlich wieder das beschauliche Noriveer erreichen. Zudem überlasse ich euch ein Hundertstel des Schatzes, den wir bergen werden. Und das sind so dann immer noch einige hundert Goldmünzen an Wert. Was sagt ihr dazu?" Interessiert und aufrichtig blickte er die Helden an.

Diese beratschlagten lange und ausgiebig, ob sie denn nun wirklich an so einem Vorhaben teilnehmen wollten. Eine simple Schatzjagd war nun wahrlich nicht allzu sehr nach ihrem Geschmack. Aber auch auf einem Kontinent wie Ystra konnte man nicht einfach nur von Luft und Liebe leben. Und den Gewinn aus dieser Expedition konnte man gut dazu nutzen, um viele aufgelaufene Schulden zu begleichen.

Schließlich wurden sich die Abenteurer untereinander einig und stimmten dem Kapitän Ahan Kurrenbart zu, ihn auf seiner Reise ins Eismeer zu begleiten. Am nächsten Morgen stach die „Schollenbrecher" mit den fünf Gefährten an Bord in See. Zunächst galt es, den Golf von Noriveer hinter sich zu lassen. Auf dem Wasser des Meeres hätte man leicht das winterliche nördliche Klima des Kontinents vergessen können, wenn es nur nicht so entsetzlich kalt gewesen wäre. Doch der große Golf von Noriveer war noch nicht zugefroren und völlig eisfrei. Kapitän Kurrenbart hatte den fünf Gefährten Winterkleidung zum Überziehen an die

Hand gegeben und die fünf Freunde hatten von diesem Angebot reichlich Gebrauch gemacht. Dick eingemummelt gingen die ersten Tage auf See friedlich dahin. Am vierten Tag der Schiffsreise geriet die „Schollenbrecher“ in eine andauernde Flaute. Es herrschte absolute Windstille, und die Matrosen des Schiffes wurden zusehends unruhig und mürrisch. Sie fürchteten den Zorn des Meeresgottes und dem des Gottes des ewigen Winters. Schließlich war plötzlich einer von ihnen von einem Augenblick zum nächsten verschwunden. Einfach fort, und vielleicht unbemerkt über Bord gegangen. Es dauerte nicht lange und die wahre Ursache für sein Verschwinden erkletterte mit acht riesigen Fangarmen die Backbordseite des Schiffes. Ein Meereskrake. Und ein durchaus beeindruckendes Exemplar. Auf der Suche nach weiterer Nahrung und getrieben von seiner ihm innewohnenden Fressgier, machte er sich mitten auf dem mittleren Oberdeck breit. Unsere Abenteurer fackelten nicht lange und warfen sich dem Ungetüm entgegen. Immer in dem Versuch, den mächtigen Fangarmen des Untiers auszuweichen. Die Seeleute selbst hielten sich aus diesem Kampf heraus, denn sie verspürten keine Lust, ihre eigenen Leben leichtfertig aufs Spiel zu setzen. Sorresson, der Nordmann, sah sich mit einem Mal von einem Fangarm der Meereskrake umschlungen und wurde in Richtung des Mauls dieses Monsters gezogen. Rydran, der Krieger, sprang beherzt herbei und durchtrennte den Fangarm mit einem mächtigen Schwerthieb, bevor der Krake richtig zubeißen konnte. So kam Sorresson mit einer eher kleineren Verletzung davon und hatte noch einmal Glück gehabt. Die Abenteurer ließen in ihren Bemühungen nicht nach und drängten weiter auf diesen Leviathan der Meere ein. Doch trotz aller Bemühungen schien diesem Urvieh nicht wirklich beizukommen zu sein. So tauschten Mara und Lohrin gegenseitig einen kurzen ernsten und verstehenden Blick miteinander aus und ließen sich wohlweislich aus dem bestehenden Kampfgetümmel zurückfallen, bis Sorresson, Tarek und Rydran vor ihnen selbst die vordere Linie bildeten. Mara und Lohrin wirkten daraufhin fast gleichzeitig je einen Energielanzen-Zauber auf den Kraken. Mit dem gewünschten Erfolg. Der Meeresriese bäumte sich noch einmal richtig auf, bevor er auf den Planken zusammensank und ein letztes Mal, fast protestierend, mit einem seiner Fangarme zuckte, um dann aber doch endgültig sein Leben auszuhauchen. Im Nachhinein halfen die Helden den Matrosen dabei, den gigantischen Kadaver über Bord und zurück ins Meer zu stoßen, bevor die „Schollenbrecher" mit neuem Fahrtwind im Rücken ihre Reise entlang der westlichen Landzunge der Frostkämme fortsetzen konnte. Es kam die Zeit, wo das Schiff sich genau nördlich der äußersten Ausläufer der besagten Frostkämme befand, denn es musste geographisch gesehen auf die Ostseite dieser unter ewigem Eis verborgenen Halbinsel gelangen, um die einst schon entdeckte Schatzhöhle wesentlich müheloser erreichen zu können.

Kapitän Ahan erklärte den Abenteurern sehr genau, dass er dies schon bei seiner ersten Reise zu diesem Schatzhort so gemacht hatte, da es einfach unmöglich ist, die schneebedeckten Gebirgszüge der Frostkämme bezwingen zu können, um auf direktem Weg schnurstracks ostwärts über die Berge zum verborgenen Höhleneingang zu gelangen. Da sei die Seeweg-Variante wesentlich angenehmer und daher auch einfach vorzuziehen, meinte er. Und so grub sich die Besatzung des Schiffes geradezu irgendwie einen Weg durch das immer stärker auftretende Packeis. Die „Schollenbrecher“ kam dabei auf ihrem Weg auch gefährlich nahe an die vereisten Klippen der ebenfalls sehr großen Insel, die als das Yeti-Land bekannt war, heran. Und so kam es, wie es kommen musste, denn es tauchten tatsächlich einige der Grauweißpelze auf den erwähnten Klippen auf, die sich einen Spaß daraus machten, die „Schollenbrecher“ und die Besatzung mit riesigen Schneebällen zu bewerfen. Den bekannten Göttern sei Dank, waren es keine Klumpen aus Eis oder aus Stein, denn sonst wäre das Schiff und letztlich auch die Helden sehr schnell dem Untergang geweiht gewesen. Dem – sozusagen – hätten die Planken von Kurrenbarts Handelskahn nicht wirklich lange standhalten können. Um die nervige Yeti-Bande, bestehend aus vielleicht acht Kreaturen, irgendwie in Schach halten zu können und diese bei ihrem Schabernack zu behindern, verlegte sich die Heldengruppe darauf, die Yetis mit Pfeil und Bogen unter Beschuss zu nehmen. Leider jedoch nur mit mäßigem Erfolg, denn es trafen noch einige Schneeklumpen mehr die „Schollenbrecher“, die mit der Zeit so langsam Schlagseite bekam und sich steuerbord mit der Reling immer mehr der Wasseroberfläche näherte. Doch die Gefährten gaben ihr Bestes und versuchten möglichst genau zu zielen. Der Einsatz von Zauberei erübrigte sich von vornherein, da die Schneemänner sich oben auf den Klippen außerhalb der maximalen Reichweite eines jeden möglichen

Kampfzaubers befanden. Während die Charaktere also händeringend mit der Verteidigung des Schiffes beschäftigt waren, versuchte Kapitän Ahan Kurrenbart sein Schiff sicher durch das im Meer treibende Packeis zu manövrieren. Seine Matrosen bemühten sich nach Kräften, die sich auf den Oberdeckplanken auftürmenden Schneemassen wieder und wieder von Bord zu stoßen, um ein Kentern des Schiffes nach Steuerbord zu verhindern. Nach einer schier unendlichen Weile waren die Reisenden endlich außerhalb der Wurfweite der Yetis und konnten die Umrundung der nördlichsten Landspitze der Frostkämme hinter sich lassen. Dies war dann auch gut so, denn den Gefährten drohten im vorangegangenen Kampf allmählich die Pfeile, und damit die Munition, auszugehen. Schließlich konnte die „Schollenbrecher“ nach drei weiteren Tagen auf See und durch das frei im Meer treibende Packeis im Osten der Frostkämme an Land anlegen. Ahan erklärte den Abenteurern kurz und knapp, dass ihm die gewählte Anlegestelle von seiner ersten Reise her bekannt vorkam und er sich nun so im Alleingang für das Anlegen des Schiffes entschieden hatte. Der Weg zur Schatzhöhle führte schnurstracks westwärts durch eine eisige schneeweiße Einöde. Angeführt von Ahan Kurrenbart bewegten sich die Charaktere durch diese weiße Wüste hindurch. Zum Glück sanken die Individuen dieser Glücksrittergemeinschaft nur jeweils bis zu den Knöcheln in den eiskalten Schnee ein, sodass es kein Problem darstellte, die mitgeführten Lastschlitten hinter sich her zu ziehen. Ahan Kurrenbart hatte ganz bewusst auf den Einsatz von Schlittenhunden verzichtet, da er lieber auf die körperlichen Kräfte von Menschen und Humanoiden setzte. „Ich bin kein Hunde-Fan.“, erklärte der auf Anfrage der Helden. „Außerdem können auch Hunde verletzt sein oder in Panik geraten. Das schafft dann so oder so zusätzliche Probleme." Mehr gab er dazu nicht bekannt und hüllte sich in Schweigen. Nach etwa acht Stunden Fußmarsch durch dieses weiße Festlandmeer erreichte die Gemeinschaft wohl eine Anhöhe, denn vor den Gefährten türmte sich eine Schneewehe auf, die jedoch irgendwie über einen festen Untergrund zu verfügen schien. Ahan bedeutete den Helden still zu sein und machte sich daraufhin die Schneewehe hoch. Er nahm ein einfaches Fernrohr zur Hand und spähte schnurstracks weiter in westliche Richtung. Ein „Verflucht!" entrutschte seinem Mund, bevor er die Schneewehe zurück zu den Abenteurern in gedeckter Haltung hinunter strackste.

„Gibt es Probleme?", fragte Rydran, der Krieger der Gruppe, mit gedämpfter Stimme. „Ja.", entgegnete Ahan mit unterdrücktem Hass. „Es haben sich einige Weißpelze in meiner Höhle breit gemacht." Er betonte das Wort „meiner" dabei extra sehr ausdrücklich. „Yetis? Wie viele denn?", wollte Sorresson wissen.

„Nein, keine Yetis. Eisorks. Weißpelze eben." Der Kapitän machte eine kurze Pause, bevor er näher erklärte. „In Ystra gemeinhin als Schwarzpelze bekannt. Und die Goblins als Rotpelze. Doch hier, hoch im Norden, hat ihre Körperbehaarung eine weiß-graue bis schneeweiße Färbung angenommen. Genau wie bei einem Polarfuchs."

Tarek stieß einen leisen Pfeifton zwischen seinen Zähnen hervor. „Ich hätte nie gedacht, so hoch im Norden und bei dieser Kälte auf leibhaftige Orks stoßen zu können."

„Ich weiß nicht genau, wie viele es insgesamt sind.", fuhr Kapitän Kurrenbart fort. „Wenn euch das Unternehmen so nun zu heikel ist, können wir unsere Schatzsuche an dieser Stelle abbrechen und einfach wieder umkehren, denn auch ich hänge an meinem Leben. Irgendwelcher Reichtum nützt einem toten Mann wenig." Er schaute die fünf Freunde fragend an. „Angriff ist die beste Verteidigung!", meldete sich Lohrin, der junge Magier zu Wort. „Mit 2 Energielanzen-Zaubersprüchen könnten wir unserer Chancen auf eine siegreiche Schlacht schon deutlich verbessern.", ergänzte Mara, die Elfe. „Was wollt ihr also tun", fragte Ahan erneut. Nach kurzer Beratschlagung entschieden sich die Gefährten, den bevorstehenden Kampf anzunehmen.

Die Charaktere schlugen in Begleitung des Kapitäns einen weiten Bogen um die Schneewehe herum, sodass sie ihr Weg mehr nach Süden abdriften ließ und sie sich den Orkwachen vor der Schatzhöhle dann auch von Süden her nähern konnten. Der Magier Lohrin setzte einen Unsichtbarkeitszauber ein, damit die Gruppe nicht entdeckt werden konnte. Auf diese Weise konnten sich Tarek, Sorresson, Rydran und Kapitän Ahan direkt an die beiden Orks heranpirschen, die sehr verdutzt guckten, als sie die Fußstapfen im

Schnee neben sich bemerkten. Denn jene Fußspuren im weichen Schnee konnte der Zauber nicht verbergen. Danach ging alles sehr schnell. Mara und Lohrin wirkten etwas abseitsstehend ihre Energielanzen-Zaubersprüche und die Nahkämpfer schlugen auf die beiden Orks ein. Zwar wurden die angreifenden Charaktere im Moment des Angriffs sichtbar, doch reichte das Überraschungsmoment dieses Manövers aus, um beide Orks leblos zu Boden sinken zu lassen, bevor sie mit auch nur irgendeiner Form der Gegenwehr zurückschlagen konnten. Wieder beriet die Abenteurergruppe den nächsten Schritt, und wie denn nun weiter vorgegangen werden sollte. Schließlich wurde der Magier Lohrin unter Zuhilfenahme eines neuen Unsichtbarkeitszaubers in die Schatzhöhle zum Auskundschaften entsandt.

Nach seiner Rückkehr konnte er von acht weiteren Eisorks berichten, die es sich in der übersichtlichen Schatzhöhle gemütlich gemacht hatten. Dieses Mal entschieden sich die Schatzsucher für einen offenen und schnellen Angriff und stürmten mit gezogenen Waffen in die Haupthöhle hinein. Die überschaubare Eisorkrotte erwies sich als etwas zäher als ihre bekannten Vettern aus dem übrigen Kontinent Ystra, doch war der Waffengang gegen die Weißpelze am Ende einigermaßen schnell geschlagen. Auch dank Mara und Lohrin, die noch genügend Zauberkraft innehatten, um jeweils noch einen Energielanzen-Zauber auf die anfangs überraschten Eisorks zu wirken. Acht Eisorks gegen 6 Abenteurer stellte im Endeffekt dann aber doch keine allzu schwere Aufgabe dar. Nach der erfolgreich geschlagenen Schlacht konnten sich die Gefährten in aller Seelenruhe in der Eishöhle umsehen. Dabei fiel schon ein eher niedriger Sockel aus poliertem Eis fast genau in der Mitte der Höhle auf. Auch eine gegenüberliegende Wand aus undurchsichtigem Eis war auffallend eben und begradigte auf ihrer Seite die eher unförmige Höhle. Kapitän Ahan legte den Eisstern, den er den Gefährten in Noriveer in der Hafentaverne gezeigt hatte, auf den niedrigen Eissockel, woraufhin, wie nicht anders erwartet, die beschriebene Scheidewand aus Eis in einem hellen, blauen Licht aufleuchtete und schlussendlich verschwand.

Nun war der Blick freigegeben auf eine große, ebenerdige Nische, in der immer noch eine Reihe an Schätzen zu finden war. Goldmünzen, Silbermünzen, Goldbarren, Juwelen, Edelsteine, die unterschiedlichsten Geschmeide und Kelche und Pokale lagerten teils wild durcheinander, teils im Schatzkästchen, und gaben sich den verblüfften Augen der Helden zu erkennen. Der verbliebene Schatz war schnell auf den mitgebrachten Zugschlitten verstaut, sodass sich die Schatzsucher alsbald auf den Rückweg durch die von Schnee bedeckte Einöde machen konnten. Für den Weg zurück zum Schiff brauchten die Gefährten, angeführt von Kapitän Ahan Kurrenbart fast doppelt so lang, wie zuvor für den Hinweg zur Schatzhöhle. Doch blieben alle Beteiligten, den Göttern sei Dank, besondere Schwierigkeiten oder weitere Begegnungen mit irgendwelchen Kreaturen erspart. So konnte die „Schollenbrecher“ ohne weitere nennenswerte

Zwischenfälle erreicht werden. Den Restschatz bald vollständig auf den kleinen Einmaster verladen zu bekommen, stellte ein Abenteuer ganz eigener Dimension dar. Auch wenn die sechs angeheuerten Matrosen überaus eifrig mithalfen, die Wertgegenstände an Bord oder auch unter Deck zu verstauen. Schlussendlich war auch diese Arbeit verrichtet, sodass die Reise der „Schollenbrecher" weitergehen konnte.

Kapitän Ahan erklärte den Gefährten seine weiteren Absichten und seine fortführenden Reisepläne. Zunächst wollte er sein Schiff weiter nach Osten steuern und in der Nähe von Frostmaar vor Anker gehen. Dann dachte er daran, von der Küste aus mit den Charakteren die 8 Kilometer landeinwärts bis nach der besagten Stadt Frostmaar zu wandern, in der Hoffnung, gerade dort schon einmal die wertvollsten Kleingegenstände verkaufen zu können. Wenn danach das Schiff zurück erreicht war, wollte er weiter bis zu einer Ortschaft weiter nordöstlich, um dort alle übrigen Kostbarkeiten zu verkaufen. Nach einigem Überlegen und Diskutieren kam er mit den fünf Freunden überein, dass diese ihn und seine Crew in Frostmaar verlassen, um ihrerseits von dort aus über Land weiter nach Süden zu wandern. Der Schatzanteil der Charaktere von stolzen 500 Goldmünzen sollte ihnen in Frostmaar direkt ausgezahlt werden. Darauf gab ihnen Kapitän Ahan Kurrenbart sein Ehrenwort. Und der Kapitän war ein Mann, der sein Wort auch zu halten pflegte.

So ließ die „Schollenbrecher“ die schneebedeckte Küste bei den östlichen Ausläufern der Frostkämme hinter sich und stach erneut in See. Auf dem offenen Meer trieb das Schiff voran, weiter Richtung Osten. Während der nächsten Tage bis nach Frostmaar trieben auf dem nördlichen Ozean nur gelegentlich ein paar Packeisschollen, die entweder leicht zur Seite gestupst oder leicht umfahren werden konnten. Trotz allem war es auch nach Osten, und dort im relativ hohen Norden, immer noch bitterkalt. Sodass die Schiffsreise bei weitem keine einfache Vergnügungsfahrt darstellte.

Während der Reise nach Frostmaar tauchte über der „Schollenbrecher“ ein Eisdrache auf, der einige Kreise über dem Schiff am Himmel zog und sich dann aber entschied, seiner Wege zu ziehen und die Besatzung samt Abenteurern eben nicht anzugreifen. Schließlich konnte Ahan Kurrenbarts Seegefährt direkt im Norden von Frostmaar vor Anker gehen. Schnell waren die Zugschlitten mit, so hoffte Ahan, leicht verkäuflichen Wertgegenständen beladen, sodass er sich alsbald mit den Charakteren landeinwärts nach Süden auf den Weg machen konnte. Es wurde von allen Beteiligten darauf geachtet, die Fußschlitten nicht zu schwer zu beladen, sodass jeder einzelne Schlitten bequem von einer Person gezogen werden konnte. Der Schnee lag in diesem Teil Ystras nicht so hoch, und obwohl Frostmaar selbst kaum 8 Kilometer landeinwärts von der Küste entfernt lag, brauchte die Reisegruppe fast einen ganzen Tag, ca. 12 Stunden Wanderung, um genau zu sein, bevor das ersehnte Frostmaar schlussendlich erreicht war.

Dabei mussten die östlichsten Ausläufer der Frostkämme durchquert werden, und dies war wohl der beschwerlichste Teil des doch schwer beladenen Fußmarsches durch den Schnee. Doch hatten die Charaktere mit Ahan Kurrenbart als Anführenden wenigstens das Glück, von Begegnungen mit Yetis, Wölfen oder Orks verschont geblieben zu sein. In Frostmaar angekommen, fand der Kapitän schnell zahlreiche willige Abnehmer für die durch die Einöde geschleppten Klein- und Kleinstschätze. Selbst für die Zugschlitten fand er Interessenten und konnte diese versilbern. So zahlte er den Abenteurern den versprochenen Anteil aus und ließ die Charaktere für sich allein. Er verabschiedete sich voller Respekt von den Gefährten.

Eine Übernachtungsmöglichkeit in Frostmaar war schnell gefunden. Am nächsten Morgen machten sich die Helden auf ihren Weg nach Süden. Nach einem kräftigen und ausgiebigen Frühstück ging es am nächsten Tag für die Abenteurer weiter nach Süden. Sie erreichten ein Dorf am darauffolgenden Mittag, nach einem Nachtlager im Wald. Ungefährdet und ungestört erreichten diese so ihr nächstes Etappenziel. Abermals mieteten sich die Gefährten für kleines Geld, in einem Gasthaus ein und legten sich, durch die noch immer eisige Kälte erschöpft, zu einer erneuten Nachtruhe. Der darauffolgende Tag stellte die fünf Freunde vor eine schwere Wahl. Es war jedem aus der Gruppe klar, dass die bevorstehende Wanderung weiter nach Süden führen sollte. Weg von Schnee, Eis und Kälte. Doch war die quälende Hauptfrage, ob sich die Gefährten weiter westlich oder eben doch weiter östlich halten wollten. Zunächst stapfte die Abenteurergruppe stramm direkt nach Süden. Die Entscheidung später eher nach Westen oder nach Osten abzubiegen, wurde erst einmal ganz bewusst vertagt. Und so schritten die fünf Freunde gut gelaunt, und mit ihrem reichlichen Lohn, strikt ihrer Nase nach voran. Was auch immer sie in der Zukunft erwarten sollte.

Der schwarze Mantel

Erfolgreich in der Ortschaft Auenwalde angekommen, mieteten sich die Abenteurer in einer gewöhnlichen und durchschnittlichen Taverne ein. Unsere Charaktere beschlossen einstimmig, in diesem Ort erst mal eine Woche lang ausgiebig sozusagen Urlaub zu machen, um sich von den vorangegangenen Strapazen in dem Zeitraum davor zu erholen.

In der Nähe von Auenwalde, etwas abseits des eigentlichen Ortes, im dort bereits dichten Wald, lebte ein Magier mit dem Namen Noak Schwarzmantel. So von den Einheimischen in der Gegend genannt, da er stets nur eine nachtschwarze Magierrobe tragend zu sehen war. Lohrin, der junge Magier aus dem Kreise der Gefährten, schlug am Morgen des dritten Tages in Auenwalde seinen Kameraden vor, diesem stadtbekannten Zauberer doch einen Besuch abzustatten. Und so machten sich die Helden geschlossen auf den Weg.

Gemeinhin hätte man erwarten können, dass solch ein Zauberkundiger, der schon als äußerst machtvoll beschrieben worden war, in einem prächtigen Magierturm leben würde. Doch handelte es sich bei dem Domizil des Noak Schwarzmantel lediglich um eine kleine bescheidene Hütte im Wald.

Die einzige Tür des kleinen Häuschens stand weit offen, doch wagten es die Charaktere nicht, einfach so einzutreten. Sie blieben ungefähr fünf Schritte vor der Tür stehen und versuchten, sich durch ein freundlich geratenes „Hallo!“ bemerkbar zu machen. Doch es erfolgte keine Reaktion darauf. Offenbar war der in dieser Gegend bekannte Magier nicht in seinem Zuhause anwesend.

„Was nun?“ fragte sich die Gruppe unisono, und alle warfen sich untereinander ratlose Blicke zu. Vorsichtig ging der Nordmann Sorresson weiter auf die Eingangstür zu und warf einen Blick in das Magierhaus hinein.

„Hier muss ein Handgemenge stattgefunden haben. Dic Möbel sind zum Teil umgeworfen und es liegt auch eine Leiche im Raum. Aber diese trägt keine Magierrobe.“

Die Gruppe ging daraufhin in die Hütte hinein und untersuchte den Toten. Es war ein schier ganz normaler Zeitgenosse gewesen und er trug deutlich abgerissene Kleidung. Da in Auenwalde und der näheren Umgebung aber fast ausschließlich nur Elfen und Menschen, ähnlich den Samen in unserer Welt, lebten, war der Anblick eines leblosen Mannes, der aus Ländern etwas weiter südlich zu stammen schien, ein doch unerwarteter.

Die fünf Freunde standen einige Zeit unschlüssig in der Mitte des Raumes und überlegten, was sie nun tun sollten. So lag ja auch die Vermutung nahe, dass der Magier entweder entführt worden war oder aber für's Erste aus seinem angestammten Domizil geflohen zu sein schien. Mara kam die Idee, dass der Magus Noak Schwarzmantel ja vielleicht auch eine Art Tagebuch hier draußen ganz allein geführt haben mochte. Und so nahmen die Gefährten ein wuchtiges Bücherregal, das vor einer fensterlosen Wand stand, näher in Augenschein.

Und tatsächlich. Zwischen all den unterschiedlichsten Wälzern voller Abhandlungen über gute und neutrale Magie waren auch einige Schriftrollen zu entdecken, auf denen der verschwundene Zauberer akribisch seine Erlebnisse und Erfahrungen bis hin in die jüngste Vergangenheit hinein niedergeschrieben hatte. Aus diesen privaten Aufzeichnungen ging hervor, dass ganz in der Nähe seines Zuhauses eine Räuberbande im Schutz des Waldes ihr Lager aufgeschlagen hatte. Laut Aufzeichnungen lag es von der Hütte aus gesehen in westlicher Richtung. Schwarzmantel hatte diese Bande schon seit einiger Zeit beobachtet und mit Argwohn betrachtet. Er war sich auch nicht sicher gewesen, ob die Banditen eine Gefahr für ihn darstellen konnten oder würden. Aufgrund der Leiche im Domizil des Zauberkundigen sind ihm die Männer aber dann doch wohl ziemlich derbe auf die Pelle gerückt. Da unsere Charaktere nicht davon ausgehen konnten, dass sich Schwarzmantel vor diesen Schlägern zu retten wusste, beschlossen die Gefährten zunächst nach

Westen zu wandern, um das in Noaks Tagebuch beschriebene Räuberlager ausfindig zu machen. Mit etwas Glück könnten sie dort ja auch auf den verschollenen Magier stoßen oder etwas über dessen Verbleib herausfinden. Vorsichtig, und darauf bedacht, keine lauten und verräterischen Geräusche zu verursachen, schlich die fünfköpfige Abenteurergruppe durch den teils sehr dichten Wald. Schließlich illuminierte der Schein eines Lagerfeuers das Unterholz. Die Helden bewegten sich daraufhin sehr leise und äußerst geschickt zwischen den teils sehr dicht stehenden Bäumen hindurch, um näher an dieses verräterische Licht heranzukommen. Die Verständigung untereinander ließen die Abenteurer nur noch über seit jeher eingeübte Handzeichen geschehen. Alsbald war der Waldrand zu einer kleinen Lichtung von vielleicht zwanzig Metern im Durchmesser erreicht. Unsere fünf Freunde nutzten Büsche und Sträucher zwischen den Bäumen als Deckung und machten sich ein erstes Bild von der auf der Lichtung herrschenden Lage. Mitten auf der Lichtung saß ein Mann in einer schwarzen Magierrobe fest verschnürt an einem stämmigen Pfahl. Die Räuber hatten den Armen über und über mit starken Seilen an diesen Pfahl gebunden, sodass sich der Gefangene kaum noch rühren konnte und die Banditen sodann auch sicherstellen wollten, dass er keine erforderlichen Zaubergesten mehr auszuführen vermochte. Ohne jeden Zweifel musste es sich bei dem Gefangenen am Pfahl um Noak Schwarzmantel handeln. Unsere Protagonisten fragten sich, was nun wohl zu tun war.

Um ein prasselndes Lagerfeuer herum saßen fünf in etwa gleich große Gestalten. Etwas abseits standen zwei weitere Menschen und starrten in die die Lichtung umgebende Dunkelheit. Offenbar waren dies alle möglichen Gegner, denn weitere fünfzehn abgewartete Minuten später trat keine Veränderung des zu betrachtenden Szenarios ein. Unsere Helden zogen sich ein wenig von der Lichtung zurück, um wortlos, nur mit Zeichen und Gesten, einen Schlachtplan zu entwickeln. Nachdem alles ohne Worte „abgesprochen" war, näherten sich die Gefährten erneut der Lichtung und waren dabei erstaunlich leise bis nahezu geräuschlos. Die Charaktere schlichen aus der entsprechenden Richtung an die beiden etwas abseitsstehenden Personen heran.

Mit dem Überraschungsmoment im Rücken wirkten Mara und Lohrin je einen Energielanzen-Zauber auf die beiden anscheinend Wache haltenden Gestalten. Im nächsten Augenblick sprangen Tarek, Sorresson und Rydran hervor, um diese ersten beiden Ziele mit entschlossen geführten Waffenhieben einzudecken. Beide Räuber sanken daraufhin leblos zu Boden. Just in diesem Moment begriffen die verbliebenen fünf Banditen am Lagerfeuer, dass ihre Schar angegriffen wurde und sie nun ihre Haut so teuer wie möglich verkaufen mussten. Während Tarek, Rydran, Sorresson und Mara auf die übrigen Gegner eindrangen, um sie zu beschäftigen, schlich Lohrin zum Pfahl, an dem der Zauberer immer noch angebunden war. Lohrin benutzte seinen Dolch, um die starken und dicken Seilfesseln des Magus aufzutrennen, sodass dieser seine

Fesseln abstreifen und sich ungehindert und befreit aufrichten konnte. Schwarzmantel erkannte die neue Situation geistesgegenwärtig und ließ sich nicht lange bitten, seinem „Hilfskommando“ etwas zur Hand zu gehen.

Der alte Magier wirkte nun ebenfalls nacheinander zwei Energielanzen-Zauber auf die verbliebenen fünf Räuber, wodurch zwei bereits verwundete Banditen leblos zu Boden sanken. Die vier Nahkämpfer der Abenteurergruppe hatten bereits die entsprechende Vorarbeit geleistet, sodass die drei noch verbliebenen Unholde sich spontan für eine eilige Flucht entschieden, da sie sahen, dass sie gegen unsere Helden mit Noak Schwarzmantel an deren Seite nichts weiter ausrichten konnten. So suchten die drei letzten Räuber Hals über Kopf ihr Heil in einer äußerst eiligen Flucht.

Nach dem ausgefochtenen Kampf lag eine erfrischende Stille auf der Lichtung im Wald. Schwarzmantel ergriff nach einem kurzen Moment das Wort und bedankte sich würdevoll bei den fünf Freunden. Er sprach zudem davon, dass eben gerade diese Räuber noch etwas weiter abseits in diesem Teil des Waldes einen kleinen Schatz entdeckt hatten, der unter dem hohlen Stumpf einer alten Eiche gelagert war. Da diese rudimentäre Eiche wohl mit Hilfe eines magischen Schutzzaubers vor allzu gierigen Langfingern gesichert war, hatten ihn die Räuber entführt, um mit seinem Zutun an den magisch geschützten Schatz heran kommen zu können. Schwarzmantel selbst zeigte sich für dieses Vorhaben wenig kooperativ, woraufhin ihn die Banditen in seinem Zuhause überwältigten und bis zu dieser Lichtung verschleppten. Dass er von den Charakteren gerettet werden würde, damit hatte er nicht gerechnet und bot diesen deshalb nun den erwähnten Schatz als Belohnung für deren edles Tun an. Die Abenteurer wussten dieses Angebot sehr zu schätzen. So machte sich die kleine Schar, unter Führung von Schwarzmantel, auf den Weg hin zur besagten Eiche. Schnell war das Ziel erreicht und die Gefährten staunten nicht schlecht, als ganz in der Nähe des großen Eichenstumpfes die gegrillten Leichen zweier weiterer Räuber auf dem Waldboden lagen. Nach dem Zustand der beiden Toten zu urteilen, musste die Verwesung schon etwas weiter fortgeschritten sein. Ungeachtet der makaber anmutenden Dekoration trat Noak Schwarzmantel schließlich einen Schritt vor, um einen Magieerkennungs-Zauber auf den alten Eichenstumpf zu wirken. Da dieser daraufhin in einem roten Licht aufleuchtete, zeigte sich dem Zauberer dadurch, dass die Magie des Schutzzaubers durchaus noch vorhanden war. Und so ließ sich der alte Meister seines Faches nicht lange bitten und wirkte einen Magie-Bannen-Spruch auf das betagte Baumgehölz, woraufhin der rötliche Schimmer um den Eichenstumpf verschwand. Daraus war zu schließen, dass auch der Magie-Bannen-Spruch gewirkt hatte.

„Nun sollte der Weg für euch frei sein zum Schatz der Räuber. Ihr könnt nun gefahrlos hineingreifen und euch euren verdienten Lohn aneignen.“, lud Noak Schwarzmantel die Charaktere freundlich und respektvoll ein. Tarek fackelte nicht lange und griff beinah gierig in das nun nicht mehr magisch geschützte Versteck hinein. Durch seine Bemühungen konnte er ein kunstvoll gearbeitetes und verziertes Kurzschwert zu Tage fördern, nebst einem großen Lederbeutel, der fast 300 Goldstücke enthielt. Wie sich später noch herausstellen sollte, handelte es sich bei dem Kurzschwert sogar um eine magische Waffe.

Mit ihren neu hinzugewonnen Schätzen machte sich die Gruppe auf den Rückweg zu Noak Schwarzmantels Hütte. Der betagte Magier lud die Helden ein, ihm noch ein paar Tage Gesellschaft zu leisten in seinem sonst doch eher einsamen und abgeschiedenen Domizil. Lohrin gestattete es Noak sogar seine umfangreiche Sammlung an Zauberbüchern über alle möglichen Abhandlungen und praktischen Anwendungsmöglichkeiten der Magie zu studieren.

Lohrin machte davon erfreut und umfangreich Gebrauch. Die herumliegende Leiche des Banditen wurde von den Gefährten in der Nähe der Hütte würdevoll und mit Respekt für einen gefallenen Gegner beigesetzt. Noak und unsere fünf Freunde waren sich einig, den Toten nicht einfach irgendwo zu verscharren. Schließlich kam der Tag des Abschieds von Noak Schwarzmantel in seiner nachtschwarzen Magierrobe. Und so führte der Weg unserer Charaktere zunächst zurück nach Auenwalde, wo sich die Gruppe in Ruhe überlegen wollte, in welche Richtung die Reise nun weitergehen sollte.

Der Drache

Tyrannoxenos lag in seiner Höhle und war unzufrieden. Er war sogar sehr unzufrieden. Zwar hatte er schon einen, für sein noch eher junges Alter, beachtlichen Schatzhaufen zusammentragen können. Doch reichte ihm das noch lange nicht. Er wollte mehr. Er wollte wesentlich mehr. So lag er, zusammengerollt wie eine gigantische Katze, auf seinem Schatzhaufen, der zu einem großen Teil aus Silber- und Goldmünzen und einigen kleinen Edelsteinen bestand, und sann angestrengt darüber nach, wie er denn auch wirklich mehr bekommen könnte. Tyrannoxenos war, wie bereits erwähnt, ein Drache eines doch eher noch jungen Erwachsenenalters, der aber trotz allem schon zu einer beachtlichen Größe herangewachsen war. In seinem Herrschaftseifer hatte er es sich zum Ziel gesetzt, die ländlichen Gefilde um das Sensengebirge herum als sein ureigenes hochherrschaftliches Territorium zu deklarieren und dieses gegen jedwede Störenfriede zu verteidigen. Wenn dies denn auch jemals nötig werden sollte. Den Goblin-Clan der roten Klaue konnte er in seinem Sinne schon versklaven, indem er den Häuptling des Clans kurzerhand mit 2 Bissen heruntergeschluckt hatte. Jener Häuptling war vor einiger Zeit mit ein paar Goblins im Gefolge in seine Höhle eingedrungen. Getrieben von Neugier und ohne jede Vermutung, dass hier ein echter Drache hausen könnte. Tyrannoxenos konnte froh sein, dass ihm die Goblins der roten Klaue daraufhin nicht den Krieg erklärt hatten. Auch wenn ein Clan aus vielleicht 50 Goblins keine echte Bedrohung für ihn darstellte und er an solch einer Aufgabe auch nicht allzu schwer und buchstäblich zu kauen gehabt hätte. Der Goblin-Schamane des eher kleinen Clans sah es ohnehin als Zeichen der weiblichen Goblin-Göttin an, durch das unfreiwillige Selbstopfer des Goblin-Häuptlings, dem Drachen bis auf weiteres dienen zu müssen. Für den jungen Drachen Tyrannoxenos war dies so gesehen eine glückliche Fügung. Denn auf diese Weise hatte er neben seiner eigenen Stärke zusätzlich eine kleine Goblin-Armee auf seiner Seite. Selbst wenn er diese oft nur als Kundschafter einsetzte, um Gelegenheiten für neue Raubzüge auszuloten, damit er seinen Drachenschatz im Hort noch deutlich vergrößern konnte.

„Mir ist kalt!“, beklagte sich der Zwerg Tarek mit Mitleid fordernder Stimme.

„Hör auf zu jammern!“, herrschte ihn der Nordmann Sorresson mit rauem Unterton an.

Eigentlich wollte er noch etwas sagen, doch dazu kam es nicht. Denn Mara gab ein „welch ein erbärmliches Verhalten für einen gestandenen Zwergenkrieger.“ zum Besten. Natürlich mit einer sehr nasal ausgeprägten Untermalung ihrer bewusst gewählten Worte. Tarek brummelte sich daraufhin verstimmt und scheinbar tödlich beleidigt, für die anderen zum Glück nicht zu Verstehendes in seinen langen Zwergenbart, wie er es zuvor schon so oft getan hatte. Rydran und der Magier Lohrin konnten ein sich anbahnendes

Lachen nur mit Mühe und Not und leisen Kicherlauten unterdrücken. Schließlich legte aber auch der bis dahin verstimmte Zwerg ein verschmitztes Lächeln auf sein Gesicht auf, angesichts der etwas unfreiwilligen Komik dieser Situation. Und auch, obwohl er ja sogar als Zielscheibe für den Spott herhalten musste. Nach einer bewussten Pause fragte Tarek dann:

„Wie weit ist es denn noch nach Andemberge?“

Ein erneutes „mir ist kalt“, wollte er damit ganz beabsichtigt umgehen, um sich nicht abermals zum Gespött des mitreisenden vorlauten Jungvolkes zu machen.

„Wir erreichen die Ausläufer des Sensengebirges am Abend.“, antwortete Rydran daraufhin erhofft sachlich. „Wenn wir den steinigen Boden der ersten Ausläufer dieser Gebirgskette erreicht haben, machen wir Rast und marschieren erst am nächsten Morgen weiter.“

Nach dieser Maßgabe wanderten die Abenteurer noch zwei Stunden weiter, bis sie das grasbewehrte Land hinter sich gelassen hatten und der Boden unter ihren Füßen immer sandiger und steiniger wurde. Mächtige Felsen türmten sich zu beiden Seiten der Charaktere auf, als sich die Gruppe entschied, ihr Nachtlager mit kleiner Feuerstelle aufzuschlagen. Zwar war alles ruhig und unauffällig um die Abenteurer herum, doch war allen irgendwie latent mulmig zumute. Als würde sie eben doch irgendjemand, oder irgendetwas aus dem umgebenden Dunkel heraus beobachten.

Als akzeptierter Anführer der Gefährten teilte Rydran die Nachtwachen ein. Jeder kam an die Reihe. Er selbst mit inbegriffen. Nur Lohrin blieb vom Dienst verschont, damit er bei Bedarf ausgeschlafen genug war, mächtige Zauber wirken zu können. Die anderen vier mussten für je zwei Stunden in der Nacht die Augen aufhalten. Jene Nacht verlief ruhig und ohne die allerkleinsten Auffälligkeiten. Als der nächste Tag anbrach, machten sich die Kameraden wieder auf den Weg nach Süden Richtung Andemberge. Dabei durchquerten die Abenteurer die Ausläufer des Gebirges auf einer nahezu halbkreisförmigen Route. Der Weg führte direkt am zentralen Kerngebirge dieser Kette entlang. Tarek schnaufte bei all dem Geröll, aber er wollte nicht wieder als der Mäkelnde auftreten.

„Ja, ja. Immer der Nase nach. Stets dem am einfachsten zu bewältigenden Weg folgen."

Keiner sagte etwas. Mara lächelte in sich hinein. Als die Gefährten bald eine Engstelle erreicht hatten, mussten sie kräftig schlucken, denn ein Dutzend Goblins versperrte ihnen entschlossen den Weg. In den seitlich aufragenden Felswänden war ein zusätzliches halbes Dutzend Goblins zu sehen, die mit einfachen Kurzbögen auf die kleine fünfköpfige Wanderschar zielten. Der größte, und wohl auch kräftigste Goblin trat vor und begann ein wenig zur Verwunderung der Gruppe zu sprechen. Mit blanker Waffe standen sie ihm gegenüber, verhielten sich aber erst mal ruhig. Für den Fall der Fälle.

„Ihr geben Geld, Waffen, Rüstungen. So könnt dann gehen. Wenn nicht, wir euch töten.“

Die Abenteurer blickten sich untereinander an. Sie wussten, das Goblins hinterlistige und durchtriebene Kreaturen waren. Aber sie waren auch bekannt dafür, ziemlich feige zu sein.

Und so stürmten sie unversehens mit gezogener Waffe voran. Sie rechneten damit, dass die Goblins die Flucht ergreifen würden. Lohrin wirkte einen Zauber, mit der er eine gewaltige Feuerkugel von 9 Metern Durchmesser auf die Goblins schleudern konnte. Schwarzmantel hatte ihm diesen mächtigen Feuerelementar-Zauber beigebracht. Ein Großteil der Goblins überlebte dies schon einmal nicht. Viele gingen leblos zu Boden. Mara schleuderte einen Energielanzen-Zauber auf einen der Bogenschützen. Auch er überlebte nicht und fiel von dem Felsvorsprung, auf dem er stand. Sein Körper schlug hart auf dem Boden der Schlucht auf. Sie wiederholte dies so lange bis kein einziger Bogenschütze mehr übriggeblieben war. Sie hoffte, dass ihre Kraft dafür reichen würde. Es gelang ihr. Auch weil Lohrin sie schließlich mit dem gleichen Energielanzen-Zauber unterstützte.

Rydran, Tarek und Sorresson stürmten auf die angeschlagene restliche Meute zu. Bald waren gute dreiviertel der gesamten Goblinschar besiegt. Die letzten vier verbliebenen Goblins suchten daraufhin dann doch ihr Heil in der Flucht und verschwanden zwischen den Felsen. Auch einem Goblin ist sein Leben lieb und sie mussten erkennen, dass diesen Abenteurern nicht beizukommen war. Das Scharmützel mit den Goblins war ein recht kurzweiliges und war schnell vorüber. Die Gefährten verfolgten die restlichen kleinen Humanoiden nicht und freuten sich sehr, dass sie doch so glimpflich davongekommen waren. Es gab keine nennenswerten Verletzungen, die versorgt werden mussten. Die Reise durch die westlichen Ausläufer konnte für das Team so zunächst ungehindert weitergehen. Zu Tareks Leidwesen blieb der Weg aber leider steinig und dadurch beschwerlich genug, auch ohne irgendwelche Gegner bekämpfen zu müssen.

Die Überlebenden Goblins machten sich auf den Rückweg in das Zeltlager ihres Clans. Der Schreck saß ihnen noch immer reichlich in den Knochen. Sie meldeten sich bei dem Goblin-Schamanen zurück, welcher sich selbst zum Oberhaupt des Clans aufgeschwungen hatte, nachdem der Häuptling vom Drachen Tyrannoxenos kurzerhand gefressen worden war. Sie erstatteten ihm über ihre Begegnung mit der äußerst wehrhaften Abenteurergruppe ausführlich Bericht.

Der Goblin Schamane hörte sich die ganze Geschichte sehr genau und sehr aufmerksam an, und entschied, das Knochen-Orakel in dieser Frage zu der weiteren Vorgehensweise zu Rate zu ziehen. Zu diesem Zweck zog sich der Schamane in sein großes Zelt zurück, und warf immer wieder eine Ansammlung von Knochen, die mit kleinen Runen beschriftet waren, in die Luft. Die Knochen fielen immer wieder auf den Boden und wurden noch viele weitere Male vom Schamanen in die Luft geworfen. Solange, bis er ganz plötzlich innehielt, als er die Knochen am Boden liegen sah. Der Goblin-Schamane studierte sehr ernst und sehr konzentriert die Anordnung und die Lage der Knochen zueinander und verstand schließlich das Zeichen der großen Goblin-Göttin.

Am nächsten Morgen berief er die Goblins des Clans der roten Klaue zu einer Versammlung ein, um ihnen den Willen der großen Goblin-Göttin zu verkünden. Demnach sollten die entdeckten Abenteurer nicht von den Goblins getötet werden. Nach dem Willen der Goblin-Göttin, wie der Schamane ihn vorige Nacht aus dem Knochen-Orakel deuten konnte, sollte der Clan Frieden mit den Fremdlingen schließen und diese zu einem Kampf mit dem Drachen ermuntern. Denn wenn der Drache durch die Abenteurer besiegt werden sollte, so sollte es dem Goblin-Clan der roten Klaue bestimmt sein, wieder sein eigener Herr zu sein. Doch wenn der Drache überleben und die Helden töten würde, wäre der Clan dazu verdammt, dem Drachen bis in alle Ewigkeit weiter zu dienen.

Die fünf Freunde zogen weiter auf ihrem nicht ganz so einfach zu bewältigenden Weg durch die Ausläufer des Sensen-Gebirges dahin, bis sie sich mit einem Mal von unzähligen Goblins umringt sahen. Die Abenteurer konnten nicht ausmachen, woher die kleinen Verwandten der Orks auf einmal hergekommen sein mochten. Nichtsdestotrotz waren all diese Goblins auf einmal da. An die 40 von ihnen waren mit Kurzschwertern und Schilden bewaffnet. Sie machten aber, nachdem sie die kleine Gruppe umzingelt hatten, keinerlei Anstalten, die Gefährten anzugreifen. Selbst nach mehreren verstrichenen Augenblicken rührten sie sich nicht weiter. Einen offenen Kampf gegen eine solche Anzahl von Gegnern konnte auch für die Abenteurer ziemlich heikel werden, da die Goblins in dieser Situation aus allen Richtungen angreifen konnten und nicht wie bei der letzten Begegnung am engen Pass, wo sie nur von vorne angegriffen hatten. So standen sich nun beide Parteien erneut kampfbereit gegenüber. Die Waffen der Abenteurer waren blank. Sie warteten ab. Von den Goblins kam aber weiterhin keine Reaktion. Bewegung in die Sache kam erst dann wieder, als ein in Tierfelle gekleideter Goblin mit einer für seinen eher kleinen Wuchs großen Knochenkeule in der Hand vortrat und eine tiefe und betont langsame Verbeugung vor den fünf Freunden machte. Der Goblin-Schamane des Goblinclans der roten Klaue.

Er richtete in gebrochener Sprache das Wort an die Abenteurer: „Wir Freund. Ihr nichts Feind. Frieden. Ihr uns helfen, töten Drachen. Danach ihr könnt gehen.

Wir dann nichts zu tun mit euch.“ Die Gruppe war zunächst überrascht. Damit wussten sie aber, wenn auch nur grob, worum es den Goblins eigentlich ging und warum sie von den Goblins nicht gleich ohne weitere Umschweife angegriffen worden waren. Und so waren auch die Helden bereit, das Gespräch mit dem Goblin-Schamanen als führende Stimme des Stammes zu vertiefen und weiter fortzuführen. So konnten die Abenteurer in Erfahrung bringen und verstehen, dass sie – sozusagen im Auftrag der Goblins – einen noch sehr jungen Drachen mit dem Namen Tyrannoxenos zur Strecke bringen sollten.

Um dann im Gegenzug ohne weitere Belästigungen durch die Goblins ihren Weg Richtung Andemberge fortsetzen zu können.

Im Folgenden wurde die Gruppe von dem Schamanen bis zur Höhle des Drachen eskortiert. Wohl auch, um die Garantie haben zu können, dass die Gefährten nicht einfach das Weite suchen würden, ohne vorher ihrem Auftrag nachzukommen. Und so war bald die Höhle des Drachen erreicht. Die Helden traten leise und vorsichtig durch den äußeren Eingang in die tiefer im Berg gelegene Höhle hinein.

Tyrannoxenos schlief zusammengerollt auf seinem Schatzhaufen. Im nächsten Moment aber erwachte er. Immer noch müde und auch sehr verschlafen blickte er sich in seiner, für einen Drachen wie ihn, doch geräumigen Höhle um. Irgendetwas stimmte nicht. Es war zu ruhig. Viel zu ruhig. Er hob den Kopf und schnüffelte mit seinen Nüstern die ihn umgebende Luft ein. Es roch nicht nach Goblins, sondern nach Menschen, Zwergen und Elfen. Der Drache musste nicht im Dunkeln hocken, denn überall an den Wänden seiner Haupthöhle hatten seine getreuen Goblin-Sklaven Fackeln in ihren diversen Halterungen befestigt. Der Geruch der Nicht-Goblins, den er wahrnahm, wies darauf hin, dass die Menschlinge ganz in der Nähe sein mussten. „Kommt heraus, Fremdlinge! Damit ich euch sehen kann! Denn ich weiß, dass ihr hier seid!", befahl er mit betont dominanter Stimme. Doch die offensichtlich irgendwo vorhandenen Fremden zeigten sich nicht. Eine durchdringende Stille breitete sich in der Höhle aus. „Wer wagt es, sich meinen Befehlen zu widersetzen?", rief er in diese bedeutsame Stille hinein. Im nächsten Moment wurden fünf Gestalten nahezu zugleich sichtbar für den jungen Drachen. Mara und Lohrin hielten sich etwas abseits und wirkten zwei Energie-Lanzen-Zauber auf Tyrannoxenos, während Sorresson, Tarek und Rydran mit einem jeweils ersten Schlag ihrer Waffen auf den Drachen einhieben. Seine Gegner hatten sich also mit einem Unsichtbarkeits-Zauber angeschlichen, der in dem Moment endete, in dem sie ihn tatsächlich angegriffen hatten. Wie konnten diese Menschlinge DAS wagen. Wütend schlug er in einem ersten Gegenangriff mit seinen Vorderklauen nach den drei Nahkämpfern, während er den Schmerz durch die beiden Energie-Lanzen-Zauber unterdrücken und doch über sich ergehen lassen musste. Diese niederträchtigen Menschlinge mussten sich so geschickt und so feige an ihn herangeschlichen haben, dass er es beim besten Willen nicht mitbekommen hatte.

Nun sah er sich von seinen Gegnern umzingelt, die im gesamten Kampfverlauf sehr genau darauf zu achten schienen, nicht alle zu nah beieinander zu stehen, damit er seine Feinde nicht auf einmal mit seinem Feuerodem ins Jenseits schicken konnte. Tyrannoxenos hatte zudem das Problem, dass er durch den ersten niederträchtigen Angriff schon einige Verletzungen hinnehmen musste. Er entschied sich dafür, seinen Feuerodemangriff gezielt auf den menschlichen Krieger der Gruppe zu richten, da dieser am wehrhaftesten erschien. Doch sein ausgestoßener Feuerodem brachte nicht das gewünschte Ergebnis, da sich der Krieger Rydran mit einem beherzten Sprung zur Seite gerade noch rechtzeitig der Wirkung des Odems entziehen konnte. Rydran schlug dabei aber mit dem Kopf an die Felswand der Drachenhöhle und sank daraufhin bewusstlos zu Boden. Tyrannoxenos, fest entschlossen wenigstens diesem Krieger den Garaus zu machen, musste aber gleich darauf zwei weitere Energie-Lanzen-Zauber einstecken, die ihn fast sein Bewusstsein gekostet hätten. Er brachte all sein Kraft auf, um mit seinem zahnbewehrten Maul nach dem verhassten Menschling zu schnappen. Just in jenem Moment sprangen Tarek und Sorresson von den Seiten herbei, um eine schützende Front vor dem besinnungslosen Rydran zu bilden. Beide Abenteurer hauten dem Drachen Axt und Schwert zeitgleich mit voller Wucht in den Kopf, was Tyrannoxenos augenblicklich seinen letzten Lebensfunken nahm und den Drachen an seiner Stelle leblos zu Boden sinken ließ.

Für die Abenteurer, froh noch am Leben zu sein, war ihre Arbeit damit getan. Tyrannoxenos, der junge Drache, lag erschlagen, gefällt von seinem Hochmut, in der Mitte seiner Höhle. Und so gab es für ganz Ystra und das Gebirge nun eine drängende Gefahr weniger. „Das ist gerade nochmal gut gegangen.“, urteilte Sorresson, noch ziemlich außer Atem, während Tarek versuchte, Rydran wieder in die Welt zurückzuholen. Der Zwerg rüttelte am Körper seines Freundes und tätschelte eher unsanft seine Wangen, bis dieser wieder zur Besinnung kam. Er öffnete sichtlich erschöpft die Augen. Er war seinen Weggefährten sehr sehr dankbar für ihren beherzten Einsatz, sein Leben gerettet zu haben.

Tyrannoxenos existierte nun nicht mehr, doch sein Schatzhaufen war natürlich noch vorhanden. Auch der Kadaver des Drachen lag noch in der Höhle. Die Tyrannei des Tyrannoxenos war für alle Zeiten beendet. Und das, bevor seine angestrebte Herrschaft über Ystra überhaupt richtig losgegangen war.

Die Abenteurer machten sich daran, die besten Stücke aus dem Schatz des Drachen herauszusuchen. Den ganzen Schatz konnten sie, vor allem zu Tareks Leidwesen leider nicht mitnehmen. Sie nahmen so viel an Münzen, Edelsteinen und Zierwaffen mit, wie sie imstande waren zu tragen. Mit den Goblins des Rote Klaue Clans hatten sie dies ja auch so vereinbart. Und obwohl die Drachentöter so einiges in ihren Rucksäcken verstaut hatten, so blieb doch ein gewaltiger Teil des Drachenschatzes in dem ehemaligen Hort des Tyrannoxenos zurück. Dies war ein wahrer Glücksfall für die „Rote Klaue". Der Clan konnte mit dem zurückgelassenen Teil des Drachenschatzes beginnen, Handel mit den humanoiden Völkern zu treiben. So konnten die Goblins in Zukunft darauf verzichten auf Raubzüge zu gehen, die für alle Beteiligten wohl recht blutig hätten werden können.

Die kleine fünfköpfige Schar verabschiedete sich im Folgenden von den Goblins und schlug ihre alte Marschroute nach Andemberge ein, um nach drei weiteren Tagen der Reise durch das Sensengebirge dann endlich in der kleinen Stadt anzukommen. Zurück blieb ein glücklicher und nun sehr reicher Goblin-Clan im Sensengebirge. Doch war der plötzliche Reichtum Fluch und Segen zugleich. Denn mit fortschreitender Zeit sollten gegen den Clan übellaunige Neider auf den Plan treten...

Die Bibliothek von Andemberge

„Die Feder ist mächtiger als das Schwert", stand in großen Lettern über der Eingangstür der Stadtbibliothek von Andemberge. Die fünf Gefährten standen geradezu andächtig vor der Hauptpforte des kolossalen dreistöckigen Gebäudes und sogen diesen Sinnspruch mit ihrem Leib und ihrer Seele auf.

Lohrin, der junge Magier der Gruppe, hatte über einen Laufburschen ein kurzes Schreiben seines alten und ehrfürchtigen Magisters erhalten, in dem der alte Meister darum bat, dass ihn der junge Zauberer einen Besuch abstatten möge.

Daraufhin hatte sich nun Lohrin zusammen mit seinem Reisegefährten und Freunden am Eingang der alten Bibliothek eingefunden. Nachdem Rydran, der Krieger, laut, bestimmend und auch fordernd mit dem Türklopfer gegen die Türhälfte der Doppelflügeltür geschlagen hatte, waren die Helden zunächst zum Warten verdammt. Es dauerte auch einige Zeit, für die Abenteurer gefühlt eine halbe Ewigkeit, bis ein Bediensteter der Bibliothek die verschlossen gehaltene Tür von innen öffnete und die Gefährten nach deren Begehr fragte. Lohrin erklärte die Absichten seiner Reisegruppe und berichtete auch von der persönlichen Bitte des Magisters, woraufhin die fünfköpfige Gruppe von dem Diener eingelassen wurde. Er bedeutete den Gefährten im Eingangsbereich der Bibliothek zu warten, bis er selbst den Magister dazu hohlen konnte. Die Abenteurer sahen sich von ihrer Position aus im unteren Stockwerk des Gebäudes um und konnten eine schier endlos erscheinende Ansammlung von Regalen erkennen, die vor lauter unzähligen Büchern und Schriftrollen geradezu überquellen zu drohten. Lohrin staunte nicht schlecht. „So viel niedergeschriebenes Wissen. Und wahrscheinlich auch eine unendliche Auswahl an Geschichten. Da sollte man sich dann doch schon mal eingehender mit befassen."

Tarek, der Zwerg schnaufte verächtlich. „So viel unnützes Zeug auf einem Haufen. Was nutzt einem die Weisheit, wenn man keine Axt zur Hand hat, um sie einem Gegner in den Schädel zu rammen...". „Du bist und bleibst ein Kunstbanause." meinte daraufhin Mara, die Elfe, und dies auch durchaus kokett in Richtung des Zwergs. Der verdrehte nur die Augen. „Ich meine damit ja nur, dass einem ein Buch reichlich wenig nützt, wenn es wirklich mal hart auf hart kommt." „Vielleicht ja doch, wenn das Buch nur dick und schwer genug ist." warf der Nordmann Sorresson in das Gespräch ein. Woraufhin sich das oft bekannte Gelächter innerhalb der Gruppe ausbreitete. Nur Tarek der Zwerg fand diesen Einwand so gar nicht lustig und schwor auch weiterhin auf seine zweiblättrige Zwergenaxt.

Es verstrichen einige Momente, ohne dass etwas weiteres Bemerkenswertes passierte. So bestaunten die Helden dieser Geschichte auch weiterhin schweigend die unglaubliche Ansammlung von Büchern und Schriftrollen. Mit einem Mal war von den oberen Stockwerken ein lautes Poltern zu hören, und der Magister der Bibliothek kam freudestrahlend die nach unten führende Treppe herunter gestürmt und hielt überschwänglich fröhlich direkt auf den jungen Magier Lohrin zu. Im nächsten Augenblick sah sich der junge Magier von einer festen und sehr lang ausgedehnten Umarmung geradezu erwürgt. Doch dann löste der Magister seinen Eisengriff und trat einen Schritt zurück. „Lohrin, junger Freund. Schön, dass du gekommen bist. Und wie ich sehe, hast du auch ein paar Freunde mitgebracht. „Über alle Maßen strahlend und erwartungsvoll sah der betagte Magister die Abenteurergruppe an. „Nun, Magister Schollergoth, ihr habt mir die Bitte zukommen lassen, dass ich euch in einer dringlichen Angelegenheit vielleicht helfen könnte. Von heute angerechnet, ist dies jetzt aber schon eine Weile her. So dass wir alle hier hoffentlich nicht zu spät eingetroffen sind. „, fügte Lohrin in die aufgetretene Stille hinein. Magister Schollergoth winkte beschwichtigend mit mehreren schnellen Handbewegungen ab. Er sah auch, dass Lohrin sehr gespannt war, was es denn genau mit dem Anliegen seines alten Lehrmeisters und Ziehvaters auf sich hatte. So erklärte sich Schollergoth gegenüber den Gefährten, ohne sich dabei aber mit allzu unbedeutenden Einzelheiten aufzuhalten. Er erzählte von der Geschichte, dass ein paar Bedienstete der Bibliothek in den Kellergewölben der Bücherei einen lange geheimen Raum entdeckt hatten, in dem in der Mitte ein Altar errichtet war, auf dem ein Kristallglasbecken stand, in dem wiederum eine weiß-blaue Essenz vor sich hin waberte. Am Altar selbst war eine Schrifttafel aufgebracht, auf der in fremder aber mittlerweile übersetzter Sprache die Bitte: „Gib mir deine mächtigste Waffe.“ zu lesen war. In den letzten Tagen hatte er als Vorsteher der Bibliothek die verschiedensten magischen Gegenstände oder Waffen in die hellblau bis weiß fluoreszierende Essenz des Kristallbeckens gelegt, ohne dass jedoch auch nur irgendeine Reaktion oder Veränderung festzustellen war. Mit der Zeit viel es mir mit einem Mal wie Schuppen von den Augen. „Und an dieser Stelle kommst du ins Spiel, kleiner Lohrin.“ begann der Magister. Er holte einmal tief Luft, begleitet von einem kräftigen Seufzer, bevor er die für ihn alles entscheidende Frage stellte. „Bist du noch im Besitz der magischen Schreibfeder „Ecriber“, die du zum Geschenk für deine bestandene Zauberprüfung erhalten hast? Sie könnte der passende Schlüssel für dieses – sagen wir – magische Tor sein.“ Magister Schollergoth sah den Jungmagier erwartungsvoll mit großen Augen und auch bewusst schweigend an.

Lohrin verstand, worauf Magister Schollergoth anspielen wollte, und konnte zudem berichten, dass er die magische Schreibfeder „Ecriber“ immer noch in seinem Rucksack verstaut mit sich führte. Der alte Lehrmeister zeigte sich darüber sehr erfreut und gestattete den Gefährten aber, sich zunächst von ihrer langen Reise von Auenwalde aus auszuruhen. Bevor es also an die Entschlüsselung des magischen Essenzportals ging, führte er die Helden zunächst hinauf auf den ausgebauten Dachboden der mittlerweile uralten Bibliothek. Der Dachboden war in keiner Weise zugig oder sonst irgendwie wenig einladend. Viele fleißige Hände hatten sich die Mühe gemacht, diesen Ort vernünftig und einladend herzurichten. Sozusagen aus dem Boden gestampft, konnte die Einrichtung und das Ambiente des Dachbodens durchaus mit den Etablissements so manches besseren Wirtshauses auf dem Kontinent Ystra mithalten. So gönnten sich die fünf Freunde eine erholsame und ausgedehnte Nachtruhe, bevor sie sich am nächsten Morgen mit Magister Schollergoth ins Kellergewölbe aufmachten, um sich dort in den nun nicht mehr geheimen Altarraum zu versammeln. Kurz zuvor gab es trotz allem ein üppiges und nährstoffreiches Frühstück. Denn auch wenn es gemeinhin heißt, dass der volle Bauch nicht gerne kämpft, so kann man auch in der Welt von Ystra nicht einfach immer nur von Luft und Liebe leben.

So standen die Charaktere nun zusammen mit dem altehrwürdigen Magister Schollergoth in den erst kürzlich entdeckten Altarvorraum, wo immer noch ständig die weiß-blaue fluoreszierende Essenz in dem Kristallbecken unaufhörlich vor sich hin leuchtete. Lohrin schritt geradezu andächtig zur Tat, und lies die magische Schreibfeder „Ecriber" vollständig in das vom Leuchten erfüllte Kristallbecken hinab. Lohrin trat danach zurück zu den anderen und wartete ab, was dann nun wie folgend geschehen könnte.

Einen Moment lang tat sich nichts. So begannen alle Anwesenden zu zweifeln, ob des Rätsels Lösung wirklich in dem Sinnspruch der Bibliothek „Die Feder ist mächtiger als das Schwert“ zu suchen oder zu finden war.

Doch mit einem Mal fing die Feder selbst an zu Leuchten und strahlte dabei stetig immer und immer stärker. Bis der ganze Raum schlussendlich so hell und durchdringend von einem gleißenden weißen Licht erfüllt wurde, dass sich die Abenteurer und der Magister die Augen zuhielten. Denn alle Beteiligten hatten einfach Angst, aufgrund des durchdringenden Lichtes zu erblinden.

Dann auf einmal nichts. Bedrückende Dunkelheit. Die Anwesenden gaben ihre Augen frei und blickten ins finstere Schwarz. Aufgrund des spärlichen Lichtes wirkte Magister Schollergoth einen einfachen kleinen Lichtzauber, damit alle dank der kleinen magischen Lichtkugel über seiner rechten Hand etwas in dem Raum sehen konnten.

Der Altar und das Kristallglasbecken mit der weiß-blau fluoreszierenden Essenz, inklusive der Schreibfeder „Ecriber“, waren verschwunden. Einfach weg und nicht mehr da. Stattdessen klaffte im Fußboden ein zwei mal zwei Meter großes Loch, dass den Blick auf nach unten führende Treppenstufen freigab.

Die Protagonisten dieser Geschichte entzündeten eine Fackel und machten sich daran, die nun vorhandene Steintreppe hinabzuschreiten. Jene Stufen führten schon einige Meter weiter unter die normale Erdoberfläche und mündeten in einem zwei Meter breiten Gang, der ziemlich schnurstracks von der Treppe fortführte. Mit dem Blick auf einen mitgeführten Taschenkompass war zu sehen, dass sich der Gang in Richtung Norden erstreckte. Die Abenteurer folgten diesem Weg, und wussten dabei gar nicht so genau, wie viele Meter sie im Dämmerlicht der Fackel eigentlich schon unterwegs waren.

Mit einem Mal, vielleicht nach 400 oder 500 Metern, endete der Gang vor einer Wand, in die etwa in Augenhöhe eines durchschnittlich großen Mannes, zwei konzentrische Kreise eingelassen waren. Wand und die beiden Kreise waren gleichermaßen aus Stein. Unterhalb der beiden Kreise war auf der Wand das Symbol eines Hammers abgebildet. So beratschlagten die Gefährten eine kurze Weile, was man denn nun tun könnte, Tarek, der auch einen kleinen Zwergenkriegshammer als Waffe mit sich führte, bot sich an, mit diesem Hammer in die Mitte der beiden konzentrischen Kreise zu schlagen, und dann zu schauen, was dann wohl passieren würde.

Gesagt getan. Denn Tarek war ohnehin ein Mann der Tat und weniger ein Mann der Worte. So schlug er mit dem Zwergenkriegshammer mitten in sein ausgesuchtes Ziel.

Eine kurze Weile passierte nichts, doch dann glitt die Steinwand ächzend und etwas rumpelig ganz langsam nach oben. So war der Weg frei in eine hundert Quadratmeter große Kammer, in welche die Gefährten nun ungehindert eintreten konnten. In der Ostwand dieses Raumes war eine eiserne Tür eingelassen, die wohl in eine weitere Kammer führen mochte. Die Eisentür erinnerte dabei nicht nur entfernt an eine Tresortür. Welche Schatzkammer mochte sich also dahinter verbergen?

In der zehn mal zehn Meter großen ersten Kammer waren entlang den Wänden insgesamt sechs Statuen von menschlichen Kriegern aufgereiht, die just in dem Moment, nachdem der letzte der fünf Abenteurer den Raum betreten hatte, dann auch anfingen sich zu bewegen und die fünf Freunde mit grobschlächtigen Schwerthieben attackierten. Der daraus resultierende Kampf dauerte im Folgenden schon ein kleines Weilchen länger, denn die Steinstatuen entpuppten sich als äußerst zähe und auch als äußerst fähige Gegner. Auch wenn die Angriffsbemühungen der Krieger aus Stein eher als beliebig einzustufen waren.

Was den Gefährten augenblicklich auffiel, war, dass jeder einzelne Gegner eine Kette mit je einem Metallschlüssel um den Hals hängen hatte.

Nachdem auch der letzte Steinkrieger auf den Boden fiel und dadurch in mehrere große Stücke zerbrochen war, konnten die Freunde die sechs Schlüssel an sich nehmen und sich der eisernen Tresortür widmen. Jene Tür wies, oh Wunder, sechs Schlüssellöcher auf, in die nacheinander der jeweils richtige Schlüssel passte. Sorresson, der Nordmann, nahm sich dieser Puzzle-Aufgabe an und konnte diese schon sehr bald mit Erfolg abschließen.

Mit vereinten Kräften stemmten die fünf Freunde daraufhin die Eisentür auf und betraten die letzte Kammer.

Der dahinter liegende Raum war im Ganzen vielleicht 50 mal 50 Meter groß und war vollgestellt mit allen möglichen Regalen, die auch hier, tief unter der Erdoberfläche, vor lauter Büchern und Schriftrollen nur so überquollen. Goldschätze oder andere wertvolle Silberschätze waren hier jedoch nicht zu finden. Doch wussten die Gefährten, dass diese bis jetzt verborgene Ansammlung von Schriften, Geschichten und damit verbundenen Wissen ein durchaus wahrer Schatz für den Magister Schollergoth und die Bibliothek von Andemberge sein mussten.

Da nun ja keine Gefahr mehr bestand, und es galt, Lohrins alten Magister von dieser Entdeckung zu unterrichten, machten sich die Helden auf den Rückweg in den erst kürzlich entdeckten Altarraum, wo der besagte Magister immer noch geduldig gewartet hatte. Der alte Mann konnte seine Begeisterung kaum im

Zaum halten, nachdem er selbst leibhaftig schlussendlich die Gelegenheit bekommen hatte, diese verborgene Wissensschatzkammer höchstpersönlich zu betreten und in Augenschein zu nehmen. Die so nun neu gefunden Schriftrollen zu studieren, zu analysieren und auch zu katalogisieren, mochte vielleicht zwar am Ende einige Jahre dauern, doch war Magister Schollergoth zusammen mit seinen Untergebenen der Bibliothek durchaus bereit, diese Aufgabe anzunehmen und gewissenhaft auszuführen. Den Gefährten gegenüber zeigte er seinen Dank darin, dass er ihnen unentgeltliche Unterkunft bei freier Kost und Logis für die gesamte Dauer ihres Aufenthalts in der Stadt Andemberge gewährte und garantierte.

Und so machten es sich die Finder des verlorenen Wissens dann auch einfach mal auf dem Dachboden der Bibliothek gemütlich, bevor es dann irgendwann einmal zu neuen Abenteuern aufgehen sollte.

Durch die Wüste

Die fünf Freunde hatten ja nun schlussendlich ihre Aufgabe in Andemberge zu einem erfolgreichen Abschluss gebracht. Durch ihr beherztes Zutun war die Bibliothek von Andemberge nun um etliche und unzählige Dokumente und Schriftrollen bereichert, die mit dem Auffinden des geheimen Kellerraumes offenbart wurden. Jene Abenteurer genossen nun ihren Aufenthalt in Andemberge und machten erholsamen und weltlichen Urlaub in dieser Stadt. Mit dem zum Gasthauszimmer ausgebauten Dachgeschoss in der Bibliothek von Andemberge. „Die Feder ist mächtiger als das Wort" las ein fremdländischer Bote aus der Stadt Farasil über der großen Einlasspforte der Bibliothek von Andemberge, bevor er hölzern und fordernd eintrat. Er erklärte sein Anliegen, eine Heldengruppe sprechen zu wollen, von der so viel im Lande Ystra erzählt wurde, so dass dies sein Herr in Farasil ebenfalls nun auch gehört hatte. Magister Schollergoth hatte zusammen mit seinem Bediensteten alle Hände voll zu tun, nun den energischen fremdländischen Mann zu bändigen und im Zaum zu halten. Der ehemalige Lehrer des jungen Magiers Lohrin konnte aber am Ende dafür Sorge tragen, dass ein angemessenes Treffen der Charaktere auf der einen Seite und dem ungestümen Boten auf der anderen Seite stattfinden konnte. Zuvor tat der Bote an die Gruppe der Gefährten recht geheimnisvoll. Er verriet aber zunächst nicht mehr, als dass er die Helden nach Farasil zu seinem Herren geleiten sollte.

Doch auch da der Bote nichts über die zu erledigende Aufgabe im Namen seines Herren und Meisters verlauten ließ, so willigten die Abenteurer dennoch ein, dem fremden Mann nach Farasil am Rande der Niewasserwüste zu begleiten. Um dort dann vor Ort mit dem Herren höchstselbst über die auszuführende Aufgabe zu sprechen. Und so machten sich die Gefährten zusammen mit dem Boten des Emirs nach zwei Wochen ausgiebigen Urlaubs auf den Weg zur Randwüstenstadt.

Die Reisegruppe musste demnach nun von Andemberge nach Farasil gelangen und hatte die Qual der Wahl zwischen zwei Reiserouten. Eine erste mögliche Route hätte die Gefährten zusammen mit dem Sandboten durch den Totenhorst geführt, der in jedem Fall in schwer zu durchschreitendem Terrain alle möglichen Monster und Gefahren bereitgehalten hätte. Und so entschieden die Abenteurer in Absprache mit ihrem fremdländischen Boten aus Farasil sich für den Reiseweg durch die Ausläufer des Sensengebirges, um so zu der am Wüstenrand gelegenen Stadt Farasil zu gelangen. Der Weg entlang der äußeren Randgebiete des Sensengebirges war oft steinig und felsig genug, und so war auch dieser Reiseweg eher beschwerlich zu beschreiten. In Marschrichtung rechter Hand war der Nebel über dem durchaus weit ausgedehnten Totenkopfsumpf zu sehen, und begleitete die illustre Reisegesellschaft als unbewegliche und unverrückbare weiße Wand. Manchmal waren in dieser nebligen weißen Wand kleine Lichter und Leuchtpunkte zu sehen. Wahrscheinlich waren es Irrlichter auf der Suche nach

Opfern, um diese todbringend in irgendwelche Sumpflöcher zu locken. Auch waren manchmal unheimliche Geräusche und Laute zu hören, die man mit etwas Fantasie den schrecklichsten Monstern hätte zuordnen können. Doch die Reisegruppe ließ sich nicht beirren und folgte ihrem Weg, entlang der allgemein bekannten Gebirgspässe vorbei an den steil aufragenden Bergketten des Sensengebirges.

Nach ein paar Tagen Wanderung wurde der Boden unter den Füßen der entschlossenen Wanderer zusehends sandiger, so dass jedem klar war, dass die Niewasserwüste bald erreicht sein müsste. Schließlich war von einer kleinen Anhöhe aus auch die besagte Randwüstenstadt Farasil zu sehen. So schulterten die Reisenden ein letztes Mal ihr Gepäck, um sich etwas bergab führend in die eigentliche Wüste zu begeben. Schließlich war die Stadt Farasil, eine große Oasenstadt, erreicht.

Farasil war eine Wüstenstadt, die um eine Oase herum vor einigen Zeitaltern erbaut worden war. Die Gebäude dieser Stadt waren komplett und ohne Ausnahme aus Lehmziegeln errichtet. Einzig der Palast des Emirs war aus echtem, festem hartem Stein errichtet worden und überragte steil aufragend, die übrigen Häuser um einige Stockwerke.

Alle anderen Häuser waren ebenerdig mit einem jeweils einzelnen Geschoss als Wohnbereich. Demnach eigentlich nur einfache Hütten für einfache Leute.

Zudem war die Stadt Farasil vollständig von einer drei Meter hohen Stadtmauer umgeben, die in ihrer Beschaffenheit auch wieder aus den bereits erwähnten Lehmziegeln bestand.

Nur, dass die Lehmziegel der Stadtmauer der jeweils äußeren Oberfläche noch mit Mörtel verputzt worden waren. In regelmäßigen Abständen waren innerhalb des Stadtgebietes entlang dieser Außenmauer Türme aus Holz errichtet worden, die als Wachtürme genutzt wurden. Wie man anhand der schwer mit Kettenhemden gerüsteten und der anmutenden Krieger erkennen konnte, die in alle erdenklichen Richtungen spähten.

Das Stadttor, durch dass die Helden Farasil betreten konnten, war eher schlicht und einfach gehalten und gerade mal zwei Meter breit und zweieinhalb Meter hoch. Geradezu auffallend war aber die Anzahl der bereits erwähnten schwer bewaffneten Krieger in unmittelbarer Umgebung dieses Stadttores. Nach einem ersten Eindruck mussten dies mindestens an die 40 Krieger gewesen sein, die sich in der Nähe des Tores anhäuften,

Offenbar kannte man den Sandboten hier ganz genau, so dass er zusammen mit den Abenteurern im Schlepptau ungehindert und nahezu problemlos die diensthabende Wache passieren konnte. Er hielt mit mächtigen und schnellen Schritten schnurstracks auf den erhabenen Palast des Emirs zu und hielt die Gefährten dazu an, sich zu beeilen. Warum der Mann so aufs Tempo drückte, konnte keiner aus der Abenteurergruppe so recht verstehen, da es dafür keinen ersichtlichen Grund zu geben schien. Und auch im Nachhinein, wie sich später noch herausstellen sollte, war dieser Antrieb zum gehetzt sein, nicht wirklich nötig gewesen.

Nach einem kurzen Gruß an die eigentliche Palastwache konnten der Sandbote und die Helden den großen Innenhof des Palastes betreten. An einem kleinen Brunnen im Innenhof durften die einfachen Bewohner von Farasil Wasser schöpfen und diesen Hof dabei durch eine kleine unscheinbare Seitentür betreten oder verlassen. Stets unter den strengen Augen der hoch gerüsteten Palastwache. Schlussendlich sollten die Charaktere den Emir von Farasil höchstpersönlich kennen lernen, der sie schon bald darauf in seinem offiziellen Audienzzimmer empfing. Wie sich dabei herausstellte, war der entsandte Bote, der die fünf Freunde in Andemberge abgeholt hatte, der leibliche Sohn des Emirs und trug dem Namen Oman. Der Emir selbst stellte sich als Erdan vor und erklärte den Reisenden den zu erledigenden Auftrag.

Demnach sollten die Charaktere möglichst unauffällig einen überaus kostbaren Edelstein zur Wüstenoase Kep'Lar bringen. Als Hochzeitsgeschenk an die zukünftige und versprochene Ehefrau, der Fürstentochter Berivan, aus dem Hause und dem Geschlecht der hoch angesehenen Fürstenfamilie Jemenan. Dies erklärte wohl auch die jugendlich ungestüme Art des Emir-Sohnes Oman.

Anscheinend konnte es dem jungen Bengel mit einer bevorstehenden Hochzeit nicht schnell genug gehen, denn es sollte nicht nur der erlesene Edelstein in Kep'Lar übergeben werden, sondern auch die erwähnte Tochter Berivan sala Jemenan sollte durch die Wüste zurückgeführt werden von den Gefährten. Um dann sicher in Farasil angekommen die baldige Hochzeit zwischen Oman und Berivan abhalten zu können.

Da dieses ganze Unterfangen einer gewissen Geheimhaltung unterliegen sollte, war geplant, dass die Gefährten allein nach Kep'Lar reisen sollten, um dort die Braut in spe abzuholen. Das Geschenk an die Brauteltern konnte dabei ganz leicht, sozusagen am Mann, mitgeführt werden. So wurden die Abenteurer instruiert, was sie auf ihrer Reise zu tun und zu lassen hatten und wurden am nächsten, sehr frühen Morgen von Farasil aus in die Wüste geschickt.

Die Charaktere waren im Folgenden schon einige Tage in der Wüste unterwegs, und die kleine überschaubare

Schar schien geradezu verloren in einem Meer aus Sand. Sand, einfach nur Sand. Nichts weiter als normaler, äußerst fein körniger Sand. Soweit das Auge auch reichte. Manchmal türmte sich dieser Sand zu meterhohen Dünen auf, welche die Helden auf ihrem Weg nach Kep'lar oft genug besteigen und irgendwann auch überqueren mussten. Den Göttern zum Dank mussten die Abenteurer aber noch keinen echten Sandsturm aushalten oder in dieser weiten Ödnis erleben. So stapften die fünf Freunde mit festen Schritten und ziemlich zielsicher durch die Wüste. Ein kleiner Taschenkompass wies kontinuierlich den Weg nach Osten und so ging es der Oasensiedlung Kep'lar entgegen. Den Kompass hatte damals der Nordmann Sorresson schon vor etlichen Jahren von einem fahrenden Händler gekauft und das kleine Ding hatte ihm schon eine kleine Stange Geld gekostet. Unter der genauen Richtungsvorgabe konnten die Gefährten nun aber mehr oder weniger schnurstracks auf das immer noch weit entfernte Kep'lar zuhalten. Der Zwerg Tarek hatte den edlen Edelstein sicher in seiner Hosentasche verstaut und kontrollierte in bestimmten Abständen, ob er noch da war. Denn diese Kostbarkeit in dieser eintönigen Wüste zu verlieren, das wäre für ihn als Zwerg bei seiner Zwergenehre nicht auszuhalten. Und dieser edel geschliffene faustgroße Diamant sollte ja auch ein besonderes Geschenk sein und war mit ein Grund für die nun angetretene Reise durch die Niewasserwüste.

Wieder einmal brach die Dunkelheit herein und die Helden bereiteten sich ein weiteres Nachtlager.

Lohrin, der junge Magier, erklärte sich bereit, die erste Nachtwache zu übernehmen.

Es war an der Zeit für die dritte Nachtwache, die bereitwillig die Elfe Mara übernahm. Sie hatte kaum eine halbe Stunde ihren Blick über die schier endlosen Weiten dieser trostlosen Wüste schweifen lassen, als urplötzlich an mehreren Stellen um das Nachtlager der Helden herum die Erde aufbrach und sich sprichwörtlich wie aus dem Boden gestampft gut zwei Dutzend Skelette empor schälten, die zum Überdruss dann auch noch mit Schwert und Schild bewaffnet waren. Mara stieß zuerst einen einzelnen, sehr lauten Schrei aus, bevor sie ihre Kameraden mit genauso lauten, sich wiederholenden Rufen „Aufstehen! Aufstehen!" zu wecken versuchte. Die übrigen vier Gefährten waren mit einem Schlag ziemlich bald putzmunter und kampfbereit. Rücken an Rücken stehend verkauften die fünf Gefährten ihre Haut so teuer wie möglich. Wie in die Ecke getriebene Tiere kämpften die fünf Freunde so wehrhaft wie die Tiere. Schon bald waren etliche der mit untoten Leben belebten Skelette, mit ihren rotglühenden Augen, niedergestreckt. Am Ende standen nicht mehr viele dieser Knochenmänner, doch auch diese kämpften verbissen bis zum letzten Mann. Und es dauerte noch eine ganze Weile bis auch das letzte Skelett endlich in wirklich tote Stücke gehauen war. Die fünf Abenteurer mussten durch dieses intensive Gefecht etliche schwere Wunden hinnehmen, die mittels Magieanwendung in Form von Heilzaubern durch Mara und dem jungen Zauberer Lohrin sehr gut versorgt werden konnten. Bis zur vollständigen Heilung der an diesem Kampf Beteiligten.

„Wo kamen die denn auf einmal her?“ sinnierte Rydran, der Krieger der Gruppe und schaute auf die nun leblosen Knochenhaufen der Untoten. „Das kann niemand so genau sagen.“ meinte daraufhin Lohrin, der junge Magier. „Aber diese Untoten können nicht von ungefähr einfach mal so eben erschienen sein. Offenbar war hier wohl mächtige Magie im Spiel.“ „Von Jemandem, der uns mal so richtig ans Leder will?“ fragte Tarek, der Zwerg, mit entmutigtem Unterton in der Stimme. Betretenes Schweigen machte sich in der Runde breit.

Obwohl sich jeder der Charaktere gerade an diesem Ort jeglicher möglichen neuen Gefahr bewusst war, entschieden sich die Gefährten, ihr Nachtlager genau hier, ganz normal zu Ende zu führen. Mit einer weiterhin nötigen und nun auch sehr achtsamen Nachtwache. Am nächsten Morgen, mit dem ersten Sonnenstrahlen der aufgehenden Sonne, machte sich die kleine Reisegruppe fortschreitend auf den weiteren Weg nach Kep’lar.

Die kleine Wüstenoase war fast erreicht, als sich rechterhand von den Helden eine Ansammlung von Felsen aus dem Sandmeer erhob. Alles schien für den Moment sehr ruhig. Doch mit einem Mal tauchten auf diesem Felsen Wölfe auf, die sich von den riesigen

Steinen abstießen und den Charakteren entgegen schwärmten. Es waren an die acht Tiere, die sich wieder mit rotglühenden Augen, der kleinen Reisegruppe entgegenwarfen. Die Abenteurer positionierten sich zu einer aneinander gereihten Reihe auf, auf die die Wolfsmeute mit voller Wucht aufprallte. Obwohl die Wölfe das Ziel gehabt hatten, die humanoiden Gegner umzustoßen, gelang ihnen dieses jedoch nicht. Die Helden wehrten sich nach Leibeskräften und mit geübten Schlägen gegen die Raubtiere. Mara und Lohrin setzten ihre Energielanzenzauber ein und brachten dabei zwei der Tiere sofort zu Fall. Dieser Kampf endete fast so schnell wie er begonnen hatte. Schlagartig endete das rotglühende Rot in den Augen der Wölfe, wie die Abenteurer von einem Augenblick zum nächsten erkennen konnten. Die Wölfe sahen sich verdutzt um. So als ob ihnen gar nicht klar war, warum sie diesen Angriff überhaupt gestartet hatten, und ergriffen mit winselnden Lauten die Flucht. Die Gefährten blieben gewarnt zurück.

„Rote Augen machen anscheinend aggressiv." meinte Sorresson, der Nordmann. „Was die wohl angetrieben hat?", fragte Mara, die Elfe.

„Wohl Jemand, der sich mit Beherrschungszaubern auskennt ... und mit Nekromantie." erklärte Lohrin, der noch junge Magier. Mehr zu sich selbst als wirklich zu den anderen. Die Gruppe beschloss diesen Vorfall auf sich ruhen zu lassen und setzte ihren Weg nach

Kep'lar fort. Nach zwei weiteren Stunden war die Wüstenoase erreicht.

Die Wüstenoase Kep'lar war an sich keine klassische Stadt im einfachen Sinn. Kep'lar bestand aus einer gehörigen Anzahl von Zelten, die um ein etwas größeres Wasserloch herum errichtet worden waren und auch schon einige Jahre auf dem Buckel hatten.

Etwas abseits, aber demnach in unmittelbarer Nähe, standen fünf wesentlich größere Zelte, die, wie sich auf Nachfrage herausstellte, alle auf etwas mit der Fürstenfamilie der zu überführenden Braut Berivan salar Jemenan zu tun hatten. Die Charaktere erfrischten sich zunächst an dem Wasser des natürlichen kleinen Sees, der am Rand von einer Menge Palmen gesäumt wurde. Das Wasser selbst war dabei auffällig klar und rein. Nach einer kurzen Rehaphase überreichten die Helden dem Vater der Braut den wohl gehüteten und kostbaren Edelstein, bevor die Vorbereitungen für eine baldige Rückreise getroffen wurden. Die Abenteurer verweilten drei volle Tage bei der Sippe der Jemenans und konnten sich ausführlich mit dem Vater der Braut, namentlich Jussuf ibn Jemenan, unterhalten.

Als das Gespräch dabei auf Gegner mit seltsamen rotglühenden Augen kam, horchte Jussuf im Inneren auf. Denn ihm war ein böser schwarzmagischer Zauberer namens Daffat bekannt, der unweit von Kep'lar in seinem verzauberten Turm eine ganze Menge nicht wirklich schöner Dinge tat und dem Hause Jemenan auch schon viele Unannehmlichkeiten bereitet hatte.

Äußerst erschrocken zeigte sich Jussuf darüber, dass die Macht jenes Daffats mittlerweile wohl so weit reichte, dass er dem Helden mit ihrem Auftrag im Gebiet weit entfernt von Kep'lar erhebliche Schwierigkeiten bescheren konnte. Doch auch obwohl ihm dieser Umstand Angst machte, lehnte er das Angebot der Gefährten ab, dem Zaubererturm des durchtriebenen Magiers einen Besuch abzustatten. „Daffat war schon immer ein mächtiger Dorn in den Augen meiner Sippe. Aber vielleicht haben wir durch ein Bündnis mit Farasil endlich genug Kraft, um dem intriganten Treiben von diesem Daffat ein für alle Mal Einhalt zu gebieten. Dafür hat es für uns Betroffene höchste Priorität, dass meine Tochter Berivan salar Jemenan unter eurem Zutun die Stadt Farasil lebendig erreicht, um Oman ibn Beheman zu ehelichen. Alles andere ist nicht euer Problem, und deshalb solltet ihr es auch nicht zu eurem Problem machen. Mit diesem Daffat werden wir dann schon fertig."

Durch diese entschieden vorgetragenen Worte war somit alles gesagt. Schon am nächsten Morgen wurden alle nötigen Reisevorkehrungen für den Rückweg nach Farasil getroffen.

Jussuf ibn Jemenan hatte für die Reise und für seine Tochter eine eher schlicht gehaltene Sänfte vorbereitet, die an den vier Ecken von jeweils einem großen Kamel getragen wurden. In der Art, dass alle Kamele dabei in dieselbe Richtung liefen, und die Sänfte selbst, in Laufrichtung der Tiere, zwischen den Kamelen ruhte. Diese etwas eigenwillige Transportmöglichkeit erfüllte jedoch ihren Zweck.

Und so kam es, dass die Charaktere mit der Tochter von Jussuf ibn Jemenan in der Sänfte, sich am darauffolgenden Morgen zurück auf den Weg nach Farasil begehen konnten. Der Vater der Braut befahl zudem zwölf seiner besten Soldaten, seine Tochter auf der Reise zu begleiten. Die Helden freuten sich darüber. Denn zusätzliche schwer bewaffnete Begleiter hatten sie erfahrungsgemäß nicht allzu oft zur Verfügung.

So verlief die Rückreise sehr angenehm und auch sehr ruhig ohne weitere Zwischenfälle im endlos schimmernden Sandmeer. Doch als der Reisetross nur noch vier Tage von Farasil entfernt war, waren am Horizont an die vierzig Reiter in dunklen, nachtschwarzen Gewändern zu sehen, die in vollem Galopp von der linken Flanke her auf die Reisegruppe zuhielten. Die Gefährten hielten dies zuerst für eine Fata Morgana, wurden aber eines Besseren belehrt, als die Angreifer auf ihren Pferden näher herangekommen waren und sich als leibhaftige Bedrohung manifestierten.

Die von Jussuf abgestellten Soldaten stellten sich an der linken Seite der Karawane auf und rammten die Waffen in den Wüstenboden, um so ihre Überlangen Speere gegen den Sturmangriff der bewaffneten Aggressoren zu stellen. Und im nächsten Moment prallten die fremden Reiter auch schon mit voller Wucht auf. Den Göttern zum Dank konnten Jussufs Soldaten so das Tempo aus dem vorgetragenen Angriff nehmen und die Reiter im Folgenden mit blank gezogenen Schwertern in Einzelkämpfe verwickeln. Natürlich mit tatkräftiger Unterstützung der Abenteurer. Auch die eigentlich zu beschützende Tochter Berivan sala Jemenan ließ es sich nicht nehmen, mit einem elegant gekleideten Mantel und einem Krummsäbel gegen die fremden Reiter höchstpersönlich zu kämpfen. Seite an Seite mit den übrigen Gefährten und Abenteurern wie den Soldaten.

Nur die beiden mitreisenden Zofen versteckten sich vor diesem blutigen Gemetzel in der Sänfte und hielten einander ängstlich und zitternd gegenseitig in den Armen. Geradezu offensichtlich waren die beiden Begleitdamen für solche blutigen Gelegenheiten nicht ausgebildet. Jussuf ibn Jemenans Tochter Berivan hingegen schon, denn sie fechtete so gut und kampferfahren wie sonst wohl vier trainierte Männer.

Nachdem mehr als die Hälfte der berittenen Männer unter den Schwerthieben der Verteidiger gefallen waren, traten die übrigen fremden Wüstenräuber mit dem Wissen, dass sie die Schlacht nicht mehr gewinnen konnten, einen eiligen ungeordneten Rückzug an. Von einer Verfolgung der Banditen sahen die Gefährten nach Rücksprache mit Berivans Soldaten ab, da der Hauptauftrag ja lautete, Jussufs Tochter wohlbehalten nach Farasil zu geleiten. Eine Untersuchung der gefallenen Wüstenräuber ergab, dass diese Schergen wohl auch von dem bösen Magier Daffat entsandt wurden, denn bei jedem Leichnam konnte ein Siegelring gefunden werden, der diese Räuber als seine Diener auswies.

So setzte sich die kleine Reisekarawane wieder in Bewegung gen Farasil, nachdem die größten davongetragenen Verletzungen fachkundig versorgt worden waren. Und nach vielen weiteren Tagen wurde die Wüstenstadt Farasil schlussendlich erreicht. Ohne irgendwelche zusätzlichen negativen Ereignisse.

In Farasil selbst wurden eiligst die Vorbereitungen für die eigentliche Hochzeitszeremonie getroffen. Auf Drängen des verliebten Paares höchstselbst, denn die Chemie zwischen Oman ibn Beheman und Berivan sala Jemenan stimmte von vornherein zu einhundert Prozent. Und die Beiden waren einander auch nicht völlig unbekannt. Sie hatten über die letzten zwei Jahrzehnte lockeren und immer wieder kehrenden Kontakt zueinander gehalten und schon als Kinder im Sandkasten miteinander gespielt. Und so hatte Oman als Sohn des Erdan ibn Beheman das Glück, seine Jugendliebe Berivan zur angetrauten Ehefrau nehmen zu können. Eine Begebenheit, die in solchen Kreisen und in dieser Region von Ystra an und für sich eher seltenst vorkam. Mit Beginn der nächsten Nacht wurde die Hochzeitszeremonie abgehalten, und als der Vollmond in seiner ganzen Pracht hell leuchtend am Nachthimmel zu sehen war. Gaben sich Oman und Berivan mit dem Segen aller Beteiligten einander das Ja-Wort.

Direkt nach diesem Moment wurde mit den beglückwünschenden Feierlichkeiten begonnen. Bis zum darauffolgenden Morgen. Mit den ersten Sonnenstrahlen des nächsten Tages wurden die frisch Verliebten und Neuvermählten entlassen. Entbunden von den feierlichen Verpflichtungen, um so auch endlich einmal Zeit für sich ganz alleine zu zweit haben zu können.

Die Abenteurergruppe wurde offiziell aus dem Dienst von Erdan ibn Beheman entlassen und angemessen für die Taten belohnt. Doch die Charaktere baten darum, noch ein wenig in der Randwüstenstadt Farasil bleiben zu dürfen, um sich noch einmal etwas umsehen zu können. Dieser Wunsch wurde den fünf Fremden dann selbstverständlich gewährt.

Der Sumpf

Die Gefährten hatten die Stadt Farasil am Rand der Niewasserwüste bereits weit hinter sich gelassen und waren mittendrin auf ihrem Rückweg nach Andemberge. Sie hatten sich einvernehmlich so entschieden und stapften mit festen Schritten durch die Ausläufer des Sensengebirges. Mit dampfendem weißem Nebel über dem Totenkopfsumpf, der die Abenteurer an ihrer diesmal linken Seite schweigend und bedrohlich begleitete. Mit einem Mal hielt die fröhliche Wandergesellschaft inne, denn direkt vor ihnen lag eine männliche Person reglos und blutüberströmt auf ihrer selbstbestimmten Reiseroute. Lohrin, der junge Magier trat vor und fühlte den Puls des Mannes an dessen Halsschlagader. „Es ist noch Leben in ihm …“, verkündete er leise gegenüber seinen Gefährten. Zusammen mit Mara, der Elfe, sprach er einige Heilzauber über diesen geschundenen Körper aus.

Der so Geheilte gab ein heiseres Stöhnen von sich und schlug kurz die Augen auf. Doch seine Heiler bedeuteten ihm, ruhig liegen zu bleiben und sich auszuruhen. Die Gefährten entschieden sich dafür, über den Fremden zu wachen und schlugen kurzerhand ihr Nachtlager an genau dieser Stelle auf. Die jeweilige eingeteilte Nachtwache prüfte die nähere Umgebung mit äußerst scharfem Blick und Gehör. Den Göttern zum Dank verlief die aktuelle Nacht jedoch sehr ruhig und ohne irgendwelche etwaigen unangenehmen Zwischenfälle.

Am nächsten Morgen erwachte die kleine Gruppe zusammen mit dem frisch Geheilten. So konnte der fremde Mann seine Geschichte erzählen.

„Ich komme aus dem kleinen Dorf Krähensteg", begann er seine Geschichte. „Es ist ein kleiner unbedeutender Weiher am nordöstlichen Rand der Totenkopfsümpfe. So sind es keine zehn Hütten, die dort stehen. Neben einem kleinen Schrein, damit auch wir als Dorfgemeinschaft den Göttern opfern können. Wir hörten davon, dass ein reich beladener Händler mit seinem Handelsplanwagen im Sumpf verschollen war. Dies erfuhren wir zufällig von einem der wenigen Durchreisenden, die sich im Jahr dann auch einmal in unserem geliebten Krähensteg einfinden. Oft bleiben gerade solche Fremden heute aber nicht lange und machen sich sehr schnell wieder auf ihren weiteren Weg. So wussten wir dann aber von einem reichen und schwer beladenen Händler, dessen Hab und Gut wohl auch einiges wert sein müsste. Flugs stellten wir ein Expeditionsteam zusammen und machten uns auf den Weg, um die Schätze zu bergen. Niemand kennt sich wohl in den Sümpfen so gut aus wie wir Dorfbewohner und tatsächlich fanden wir auch die Stelle, an der der Weg jenes Händlers endete. Auf dem ramponierten Planwagen waren sogar einige Truhen mit Gold geladen, wie wir mit großen Augen sehen konnten. Doch konnten wir die im Sumpf gestrandeten Schätze nicht bergen. Ein drachenähnliches Monster mit mehreren Köpfen tauchte aus dem Nichts auf und richtete unter uns ein Blutbad an. Mit letzter Kraft habe ich mich dann wohl an eben diesen Ort geschleppt, bis ihr mich gefunden habt.“

Mit diesen Worten schlug er die Augen nieder, schluchzte, und fing an um seine getöteten Kameraden zu weinen. Und es dauerte auch eine ganze Weile, bis er sich wieder beruhigt hatte. Er zitterte am ganzen Körper. Die Helden rätselten, was das wohl für ein Monster gewesen sein könnte. Eine Chimäre vielleicht? Oder ein drachenartiger Dämon? Oder wirklich doch ein Drache mit mehreren Köpfen? Am Ende vielleicht sogar ein untoter Drachenleichnam? All dies waren aber nur Mutmaßungen. Die Gefährten versuchten zunächst dem fremden Mann aus Krähensteg Trost zuzusprechen. Sie erklärten sich zudem bereit, ihn zurück nach Krähensteg zu begleiten und von dort aus dann in den Sumpf aufzubrechen, um den manifestierten Schrecken den Garaus zu machen.

Im Dorf angekommen wurden die Abenteurer von den Dorfbewohnern herzlichst empfangen. Jede Familie aus dem insgesamt neun armseligen Bauernhütten hatte mindestens ein Todesopfer zu beklagen, denn der fremde gefundene Mann mit dem Namen Jöres war tatsächlich der einzige Überlebende des Massakers im Sumpf. Seitdem waren insgesamt vier Tage vergangen, und da niemand sonst von der Dorfexpedition zurückgekehrt war, hatten die daheim gebliebenen Einwohner von Krähensteg ohnehin mit dem schlimmsten gerechnet. Was sich nun mit der Ankunft der Helden im Dorf ja auch allzu deutlich bestätigt hatte. Jöres war Familienvater von fünf Kindern und der Ehemann seiner Frau Luisa, die ihm überglücklich in ihre Arme schließen konnte. Mit den noch verbliebenen Bewohnern aus Krähensteg wurde im Folgenden eiligst eine Dorfversammlung als Kriegsrat abgehalten, in der Jöres seine Geschichte und seine Erlebnisse noch einmal erzählte und in der auch diskutiert wurde, ob dieses fremde Monster auch für das Dorf selbst als Bedrohung anzusehen war oder nicht. Unter Federführung der fünf Charaktere wurde beschlossen, dieses jene Monster aufzuspüren und zur Strecke zu bringen. Auch um so das Dorf mit seinen verbleibenden Bewohnern langfristig zu schützen. Es war auch einfach nicht wirklich einzuschätzen, ob dieses Ding aus dem Sumpf sich in seinem Hunger nach Fleisch dann auch einmal über den Ort Krähensteg selbst her zu machen drohte.

Luisa, die Ehefrau von Jöres, sprach sich in dieser Angelegenheit aber sehr dagegen aus, dass ihr Ehemann die Helden auf ihrer Jagd nach dem Monster begleiten sollte. Das wollte sie partout nicht zulassen. Wofür die Abenteurer vollstes Verständnis aufbringen konnten und die Sorge der Frau um ihren Mann auch sehr ernst nahmen.

Damit die Charaktere aber nicht ganz ohne Orientierung dastanden, fertigte Jöres eine grob gezeichnete Karte an, damit die fünf Freunde einen sicheren Weg bis zu der Stelle finden konnten, wo sich die Überreste des Planwagens befinden mussten und wo ja auch das Monster aufgetaucht war.

Diese Karte war eine große Hilfe, um sich in diesem Gebiet der Totenkopfsümpfe zurecht zu finden und den gefährlichsten Sumpflöchern sicher entkommen zu können. Am Ende hatten die Gefährten dann auch die Stelle erreicht, wo sich die Überreste der Planwagenkarawane befanden. Die Planwagen selbst waren überraschenderweise sogar noch in einem sehr guten Zustand. Insgesamt waren drei dieser Vehikel zu sehen und auf jeder Ladefläche der vorhandenen Wagen war auch jeweils eine kleine eisenbeschlagene Truhe zu finden. In jeder dieser drei Schatzkisten befanden sich 400 Goldmünzen. Also insgesamt 1200 Goldmünzen, die aber wie in der Versammlung besprochen mit den verbliebenen Dorfbewohnern ohnehin zur Hälfte zu teilen waren.

Von dem Monster selbst war in der Umgebung nichts zu sehen und so legten sich die fünf Freunde auf die Lauer. Mit den verlassenen Planwagen als Deckung. Die Gefährten waren zudem sehr froh, dass sie von umherwandernden Irrlichtern oder anderen Scheußlichkeiten des Sumpfes bis hierhin verschont geblieben waren. Ziemlich bald brach die Nacht herein, und so wurde es ohnehin im recht dämmrigen Sumpflicht natürlich zur fortgeschrittenen Stunde so richtig dunkel. Da der Neumond verdeckt am Himmel prangte und tiefschwarze Nacht herrschte, entschlossen sich die Abenteurer einzelne Fackeln im großen Kreis aufzustellen, um die nähere Umgebung zu erleuchten. Auch ein Lagerfeuer wurde entfacht, und dies auch im Hinblick darauf, die unbekannte Bestie dadurch anlocken zu können. Gerade auch da die Helden sich auf diese Weise im erleuchteten Bereich praktisch ja höchstselbst als wandernde Leckerbissen für das Ungeheuer präsentierten.

Der wohl durchdachte Plan ging auf, denn nach ungefähr einer Stunde, nachdem die Gruppe all die Feuer entfacht hatte, begann es, in einem nahe gelegenen Sumpfloch an der Oberfläche zu brodeln. Kolonien an Luftbläschen stiegen stetig zunehmend aus diesem Schlammteich auf, und es spuckte geradezu mit einem Mal eine riesig anmutende Bestie mit mehreren Köpfen aus. Die Köpfe selbst schnappten augenblicklich und sehr begierig nach den fünf Freunden. Da die fünf Abenteurer aber über vernünftige wehrfähige Waffen verfügten, waren sie beileibe nicht solch leichte Opfer wie mit Messern und Knüppeln bestückte und zudem kampfunerfahrene Dorfbewohner. Nun, im erbitterten Kampf mit dem Untier, konnten die Charaktere die Bestie schlussendlich als eine Sumpfhydra mit fünf Köpfen identifizieren. Damit dann auch ein eher kleines Exemplar. Aus alten Geschichten über die Fauna von Ystra war bekannt, dass es gewaltige Hydrae geben konnte, die bis zu zwölf Köpfe ausbildeten und in ihrem Körperwuchs wahrhaft kolossale Ausmaße annahmen. Es war für die fünf erfahrenen Kämpfer gar nicht so leicht, diesem Ungetüm beizukommen. Nur durch den sehr existenziellen Gebrauch der schon oft altbewährten Energielanzenzauber von der Elfe Mara und dem jungen Magier Lohrin war diesem Ungetüm überhaupt standzuhalten, und nur dadurch war diese Hydra schlussendlich auch zu besiegen. Ohne die beiden Zauberer wären die übrigen drei Mitglieder der Abenteurergruppe dann auch ziemlich aufgeschmissen gewesen. „So einen Mist möchte ich nicht noch mal machen müssen.“, meinte der Zwerg Tarek sehr sarkastisch betont, als er unter festem Tritt seine Zwergenstreitaxt aus einem toten und gespaltenen Kopf der Hydra zog. „Wir haben Glück gehabt, dass es noch eine jüngere Kreatur gewesen ist.“ gab Sorresson, der Nordmann, zu bedenken. „Mit einem größeren und älteren Exemplar wären wir hoffnungslos überfordert gewesen.“ Betreten sah er daraufhin zu Boden. Denn ihm fuhr ein Schaudern über den Rücken.

„Lasst uns das Gold einsacken und von hier verschwinden.“ sagte der Krieger Rydran schon fast wie im Befehlston. Diesem Vorschlag kamen seine übrigen vier Freunde sehr gerne nach, und so wurden die Goldmünzen in mehrere kleine Säcke hinein gezählt. Immerhin waren die verwendeten Lederbeutel nicht so schwer wie die eisenbeschlagenen Eichentruhen auf den stehengelassenen Planwagen.

Auf dem Rückweg zu dem Dorf Krähensteg warteten keine weiteren Überraschungen auf die Kameraden. Die von Jöres angefertigte Karte hat überaus gute Dienste geleistet. Alle übrig gebliebenen Dorfbewohner deckten die siegreich gebliebenen Helden mit überschwänglichem Jubel ein, nachdem verkündet war, dass die Hydrabestie zur Strecke gebracht war. Das sichergestellte Gold wurde zur Hälfte redlich mit den Dorfbewohnern geteilt. Da trotz allem aber für die in der Regel sehr armen Menschen die Möglichkeiten oder die Mittel für ein rauschendes Fest fehlten, denn Gold kann man weder essen noch trinken, blieben die Gefährten nur so lange, bis ihre schweren Wunden verheilt waren und gingen dann ihrer Wege, stramm zurück auf ihre ins Auge gefasste Reiseroute.

Der feurige Gipfel

Die Gefährten befanden sich immer noch auf ihrem Weg durch die nördlich gelegenen Gebirgsausläufer des Sensengebirges am Rand der Totenkopfsümpfe. Der Weg der abgesprochenen Reiseroute führte die Gruppe weiter westwärts an der unteren Grenze des Nordwaldes entlang. Soweit bis sich der Sumpf linkerhand im Osten allmählich in das in das bekannte nordwestlich gelegene Marschland verwandelte. Die Reisenden beschritten daraufhin eine südwestlich gerichtete Route, um sich im Marschland, mit den Randgebieten der Totenkopfsümpfe, weiterhin linker Hand, ziemlich zentral auf die Froschzähne zuzubewegen. Der zurückgelegte Weg erfolgte ohne weitere Begegnungen oder irgendwelchen Unannehmlichkeiten.

Nun galt es, einem möglichst direkten Weg durch die steil aufragenden Gipfelspitzen der Froschzähne zu finden, um am Ende nach Weidensee zu gelangen. Von dort aus sollte es dann weitergehen bis zur Seestadt Zykla. Damit dies so gelingen konnte, musste eine südöstliche Route durch die felsigen Gebirgszüge der Froschzähne eingeschlagen und beibehalten werden. So machten sich die Reisenden auf den oft mit starker Steigung versehenen Aufstieg. Stets darauf bedacht, bereits vorhandene Trampelpfade zu finden, auf denen man dann auch einigermaßen zügig vorankommen konnte. Die fünf Freunde hatten schon ein gewaltiges Stück des zunächst zu leistenden Aufstieges hinter sich gebracht, als der höchste Gipfel des Gebirges mit einem ohrenbetäubenden Getöse auseinander barst und ein gewaltiger Steinregen, begleitet von zahlreichen größeren, aber auch kleineren Flammenkugeln auf die überschaubare Reiseschar herabregnete. Die Abenteurer hatten in diesem Augenblick große Mühe, sich vor ernsthaften Schaden zu bewahren und konnten sich gerade so eben erfolgreich in Deckung bringen. Die umgehende Szenerie wechselte schlagartig. Vorher war ein strahlendblauer Himmel zu sehen, der mit einem Mal durch eine dicke, dunkle und bedrohliche Gewitterwolkenwand ausgetauscht wurde. Blitze zuckten aus diesen Wolken herab und schienen geradezu magnetisch oder elektrisch von dem geborstenen Gipfel angezogen zu werden.

Bei genauerem Hinsehen konnte man jedoch auf eben diesem geschundenen Gipfel eine durchaus unmenschliche Gestalt erkennen. Eine Kreatur dreimal so groß wie ein mittelgroßer Humanoide. Es breitete die Arme aus und sog auf diese Weise gierig mit einem sehr langgezogenen Urschrei alle Energie der angezogenen Blitze in sich auf. Diese Kreatur wandelte die aufgenommene Energie in kindskopfgroße Flammenkugeln um, die das Monster in Richtung der fünf Charaktere schleuderte. Oft genug konnten diese während des Bombardements glücklicherweise immer wieder gerade noch rechtzeitig zur Seite springen.

An einer der vor den Helden liegenden Felswänden konnten sie den Eingang zu einer Höhle entdecken.

Eiligst machten sich die von diesem Wesen völlig Überraschten daran, eben diesen Höhleneingang zu erreichen, bevor noch mehr der herunter geworfenen Flammenkugeln rechts und links von ihnen auf dem felsigen Grund aufschlugen. Rydran, der Krieger, Tarek, der Zwerg, und Sorresson, der Nordmann, postierten sich nebeneinanderstehend direkt im Höhleneingang mit der Höhlendecke direkt über ihren Köpfen. Mara, die Elfe, und Lohrin, der junge Magier, hielten sich sehr nahe im Hintergrund und warteten zunächst ab.

„Ein Balgor. Eine Art Feuerdämon aus den Tiefen der Erde.“, schrie Tarek mit lauter Stimme über das immer wieder kehrende laute Aufprallen der Flammenkugeln hinweg, um sich Gehör zu verschaffen. Die Gruppe war somit informiert.

„Mit euren Waffen könnt ihr gegen diesen Dämon nicht viel ausrichten. Aber ihr könnt ihn im Nahkampf eben doch beschäftigen und auf Abstand halten.“, rief Lohrin, der noch junge Magier und hoffte, damit Mut machen zu können.

„Aus dem Hintergrund heraus können wir ihn dann mit unseren Energielanzenzaubern fertig machen.“, triumphierte Mara mit sehr positivem und hoffnungsvollem Unterton.

„Wirken eure Energielanzenzauber denn überhaupt gegen diese Kreatur?“, wollte Sorresson, der Nordmann, verunsichert wissen. „Normalerweise schon.“, versicherte Lohrin ihm. „Denn unsere Energielanzenzauber beruhen einzig und allein auf purer Energie. Und eben nicht auf Feuer, Magnetismus oder elektrisch geladenen Blitzen wie es dieses Monstrum benutzt.“, fügte er erklärend hinzu.

Wie auf Kommando erschien der sechs Meter große Balgor direkt vor dem Höhleneingang, wo er nach einem kühnen großen Sprung auf dem Felsboden vor der Höhle aufsetzte. Er reckte sich zu seiner vollen Größe auf und stieß einem neuen markerschütternden Urschrei aus. Die drei Kämpfer der Gruppe konnten den Feuerdämon wie geplant mit ihren Nahkampfwaffen auf Abstand halten. Während Mara und Lohrin den Balgor mit so vielen Energielanzenzaubern eindeckten, wie ihnen nur möglich war. So ging es eine ganze Weile weiter. Bis die Elfe und der junge Magier an den Punkt kamen, an dem sie sich mit ihrer magischen Kraft fast völlig verausgabt hatten und vor Erschöpfung fast zusammenbrachen. Der Feuerdämon konnte den Nahkämpfern auch schon einige schwere Treffer zufügen und holte zu neuen tödlichen Schlägen aus.

Da traf den Balgor ein faustgroßer Stein am Hinterkopf.

Der Dämon stutzte, hielt für einen kurzen Moment inne, indem er verächtlich schnaubte und drehte sich um. Auf einem kleinen Hügel im Rücken des Balgors, etwa hundert Meter entfernt, stand eine junge kleine Frau von vielleicht einundzwanzig Jahren, in der linken Hand eine nun leere Steinschleuder. Der gehörnte Balgor richtete sich daraufhin wieder zu seiner vollen Größe auf und ließ einen alles übertönenden Urschrei erschallen, nur um direkt danach so schnell wie möglich in Richtung der jungen tapferen Dame zu laufen. Er wollte diesem sich erdreistenden Insekt den Garaus machen, bevor er sich dann schlussendlich wieder der Abenteurergruppe widmen würde. Lohrin, der junge Magier, kam mit großer Mühe auf die Beine und verwandelte seinen Zauberstab in ein Zauberseil, dass er gezielt in Richtung des Balgors warf. Es wickelte sich wie beabsichtigt um die Beine des Dämons, der sich daraufhin verhedderte und mitten im Laufen der Länge nach mit einem lauten Krachen zu Boden stürzte. Neben der jungen Frau tauchte aus dem Hintergrund ein sehr alter und ganz in grau gekleideter Magier auf. Dieser konzentrierte sich auf seine Zauber, die er über den Dämon zu kriegen gedachte.

Der Balgor kroch vom Hass zerfressen auf die beiden neueren Gegner zu, und erst nach drei weiteren Energielanzenzaubern des Altmagiers blieb der Balgor regglos und leblos auf dem felsigen Untergrund liegen. Die überlebenden Kampfbeteiligten brauchten alle eine ganze Weile, um sich von der vorangegangenen Kraftanstrengung zu erholen und versammelten sich dann zögernd um den toten Körper des Balgors.

„Wer seid ihr? Wenn es erlaubt ist, euch das zu fragen?“, ergriff Rydran, der Krieger der Gruppe, das Wort und wollte dies auch wie die Anderen aus echtem Interesse wissen.

„Diese junge Dame hier heißt Davidaë.“, antwortete der Altmagier wahrheitsgemäß.

„Ich habe sie von klein auf bei mir. Und sie unter meine Fittiche genommen. Sie ist mir eine treue Begleiterin.“

Der alte Mann verbeugte sich im Anschluss mit einer weit ausholenden Geste, ohne seinen Hut abzusetzen und ließ dann verlauten: „Mein Name ist Rufon. Meines Zeichens Magier, wie ihr sehen konntet.“

Auch die Helden stellten sich der Reihe nach vor, und man kam überein, in dieser wilden Gegend und in diesen gefährlichen Zeiten gemeinsam weiter zu reisen.

Irgendwann einmal konnten die Helden, nun zusammen mit ihren Begleitern, das Gebirge der Froschzähne hinter sich lassen und erreichten die Stadt Weidensee. An diesem Ort verweilten die Abenteurer die nächsten zwei Wochen, um sich von ihren im Kampf davongetragenen Blessuren zu erholen und sich dazu auch mit magischen Mitteln heilen zu lassen. Ihre Waffen und Rüstungen ließen die Gefährten pflegen und in Stand setzen. Anschließend deckte sich die Reisegruppe auch noch mit ausreichend Proviant ein, bevor es weiter nach Süden zur Hafenstadt Zykla ging.

Dies immer noch in Begleitung von Rufon und Davidaë, die auch eben jene Hafenstadt erreichen wollten. Nach ein paar Tagen war es dann auch so weit. Zwar musste auf dem Weg dorthin eine äußerst lästige und vielköpfige Orkbande aus dem Weg geräumt werden. Was so aber kein allzu großes Problem darstellte für die inzwischen kampferfahrenen Helden. Zum Schluss war so dann auch wirklich endlich einmal die Hafenstadt Zykla erreicht.

Die Einaugeninsel

Nun hatten die Gefährten die große Hafenstadt Zykla schlussendlich erreicht. Es herrschte geschäftiges Treiben in diesem Ort. In der Hafenanlage selbst lagen einige Galeeren, aber auch etliche Segelschiffe, an den Kais vor Anker. Mara, die Elfe, regte sich sehr über die Galeerenschiffe auf, da sie davon ausging, dass gerade diese von etlichen Sklaven gerudert und bewegt werden mussten. Ihr Gezetere darüber ging so lange, bis sie und die anderen Charaktere von einem älteren, freundlichen Einheimischen darauf hingewiesen wurden, dass die Galeeren doch nicht mit Sklaven arbeiteten. Vielmehr waren die Ruderer, jedenfalls für die entsprechenden Schiffe, die hier im Hafen von Zykla lagen, bezahlte Arbeiter. Die für ihre Mühen auch einen, wenn auch kargen Lohn bekamen. Mara war aufgrund dieser Informationen dann auch wieder zu beruhigen. Rufon, der alte Magier, und die junge Davidaë verabschiedeten sich von den Abenteurern. Denn beide hatten beschlossen, zwar weiterhin zu zweit zusammen, aber eben doch ihren eigenen Weg in der Welt des Kontinents Ystra zu gehen. Und so verschwanden die Beiden sehr bald in dem Gemenge der Leute.

Irgendwie wollten die zurück gebliebenen fünf Freunde danach noch ein wenig die zu atmende Seeluft auskosten, und so wurde der gemeinschaftliche Entschluss gefasst, sich in einer der im Hafenviertel vorhandenen Wirtshäusern mal so richtig heldenhaft breit zu machen.

Am Ende saßen die fünf Abenteurer bei mächtig viel Bier und Wein im Wirtshaus „Zum humpelnden Zyklopen“. Die alkoholischen Getränke wurden aber nicht einfach nur so stürzend schnell in sich hinein gekippt, sondern die Gefährten ließen sich reichlich und genüsslich Zeit dabei. Es wurde also eher ein gepflogenes Besäufnis. Gesittet und mit Anstand.

Zimmer für die Nacht waren im „Zum humpelnden Zyklopen“ auch zu haben. Dabei befanden sich diese Zimmer und ein großer Schlafsaal im ersten Stock des doch eher großen Gebäudes. Die Abenteurer konnten in der folgenden Nacht daher tüchtig und völlig ungestört ihren halben Rausch ausschlafen.

Am nächsten Morgen, zu bereits doch fortgeschrittener Stunde, traf sich die Gruppe unten im Schankraum des Erdgeschosses. Der Wirt kam auf die Helden zu und meinte, dass er den Fünfen jemanden vorstellen wolle. Er bat die Gefährten in einem Hinterzimmer hinter dem Tresen.

Dort wartete ein mit sehr viel Schmuck behangener Handelskaufmann auf die Freunde. Ohne größere Umschweife trug er den Charakteren sein Anliegen vor. Denn er hatte bei einem Zyklopen-Schmied, der auf einer vor der Küste von Zykla gelegenen Insel lebt, eine wahre Meisterarbeit von einem Zweihänder in Auftrag gegeben. Dabei war der Kaufmann selbst in Vorkasse gegangen und will dieses Kunstwerk nun auch abholen lassen. Hierfür suchte er Leute, die bereit waren, diese vielleicht doch gefährliche Reise durchzuführen. „Und an der Stelle kommt ihr ins Spiel. Denn ich kann mir schon vorstellen, dass ihr erfahrene Kämpfernaturen seid. Für mich selbst ist diese doch auch riskante Unternehmung nichts. Ich bin gut im Rechnen und im Handel treiben. Mit einem Schwert kann ich nicht wirklich umgehen, wenn denn wirklich mal eine Waffe gebraucht werden müsste."

Die Charaktere hatten damit ihren Auftrag erteilt bekommen, den sie auch freiwillig und allzu bereit annahmen. Im weiteren Verlauf der Gesprächsverhandlungen wurden dann noch die wichtigsten Einzelheiten geklärt. Wie auch die Höhe der Entlohnung für diese aufwendige Unternehmung. Denn den fünf Freunden war klar, dass diese Aufgabe nicht nur in ein paar Tagen abgeschlossen sein konnte. Es galt, die Meisterarbeit eines Zweihänders von diesem Zyklopenschmied, nach Zykla, in die Hände des Kaufmannes, heranzuschaffen. Mit allen damit verbundenen und aus zu stehenden Gefahren, denen die Helden auf dem Eiland, als beschriebene und bezeichnete Zyklopeninsel, begegnen konnten. Den Rest des Tages verbrachten die Abenteurer damit, ihre Ausrüstung mit dem nötigsten zu vervollständigen. Man wollte möglichst gut gewappnet sein für diesen Auftrag. So wurden auch Seile und Fackeln eingekauft. Auch vergaßen sie nicht. Sich mit ausreichend Proviant einzudecken.

Nach einer ausgedehnten Nachtruhe verbrachten die Charaktere den nächsten Morgen damit, ihre beschaffte, zusätzliche Ausrüstung auf Vollständigkeit zu überprüfen. Um ganz sicher zu gehen, nichts Wichtiges vergessen zu haben. Gegen Mittag fanden sich die fünf Freunde dann an dem Kai ein, von dem aus ein Schiff des ehrenwerten Kaufmannes in Richtung der Zyklopeninsel ablegen sollte. Der Händler ließ es sich nicht nehmen, seine persönlichen Helden dann auch „in persona“ zu verabschieden und ihnen für ihr übertragenes Vorhaben viel Glück zu wünschen. Mit gehissten Segeln stach das ganz konventionelle Handelsschiff mit dem Namen „Die Meeresgoldene“, und mit den fünf Gefährten an Bord, dann auch in See. Bald war das offene Meer erreicht und ringsherum war nur noch das Wasser des Ozeans zu sehen.

Der Kapitän der Meeresgoldenen war sehr froh darüber, dass das Wetter optimalen Segelbedingungen entsprach. Ohne Angst um das Schiff, die Mannschaft oder seine Passagiere haben zu müssen Dies teilte er auch den fünf Abenteurern mit. Er wies zwar darauf hin, dass in diesem Teil des Ozeans auch regelmäßig Piraten unterwegs sein könnten und hin und wieder auch eine monströse Seeschlange gesichtet wurde. Doch gab sich der Kapitän zuversichtlich, dass er und seine Mannschaft, und die Gefährten eben auch, von solchen Ärgernissen zumindest auf dieser Überfahrt verschont bleiben würden.

Als drei Tage auf hoher See unter optimalen Bedingungen hinter sich gebracht waren, erreichte das Standard-Handelsschiff die angepeilte Insel und ging in einer kleinen beschaulichen Bucht vor Anker. Mit einem kleinen Beiboot wurden die Charaktere an den Strand gebracht. Kapitän und Mannschaft der „Meeresgoldenen" richteten an diesem Sandstrand ein Basislager ein, und die fünf Freunde ließen es sich nicht nehmen, dabei tüchtig mitzuhelfen. Erst am nächsten Morgen, und erneuter, ausgiebiger Nachtruhe, machten sich die wackeren Abenteurer an ihre Expedition ins Inselinnere.

Die fünf Freunde waren schon eine ganze Weile unterwegs in dieser doch eher kargen Landschaft. Die Umgebung war oftmals sehr sandig, felsig und steinig, so dass kaum grüne Vegetation und nur vereinzelt sehr trockene Bäume zu erkennen waren. Es sah im Landesinneren der Insel aus wie in einer Savannen- oder Steppenlandschaft. Durchzogen von mehreren einzelnen kleinen Bergen oder Arten von Minigebirgszügen. Schon eine gehörige Zeit machten sich die Abenteurer daran, einen dieser Berge zu erklimmen und folgten dabei einem ausgetretenen Gebirgspfad, um ihr eigentliches Ziel zu erreichen. Kletterhaken und Sicherungsseile waren dabei nicht vonnöten, denn der Pfad an sich war für die Gefährten gut zu begehen. Auch wenn dieser eher steil nach oben führte. Der

Kaufmann aus der Hafenstadt Zykla hatte den Abenteurern eine Karte der Insel überlassen und seinen Unterhändlern gezeigt, auf welcher Bergspitze sie den Zyklopenschmied normalerweise finden konnten.

Der Aufstieg war relativ einfach, aber aufgrund der Steigung dann am Ende doch sehr beschwerlich. Inständig beteten die fünf Reisenden im Stillen vor sich hin, dass es zu keinen Angriffen von irgendwelchen Monstern kommen möge. Da es sonst sehr wahrscheinlich sehr schwierig geworden wäre, im allgemeinen Kampfgetümmel das Gleichgewicht und die Balance zu halten.

Am Ende war das oberste Plateau dieses Berges erreicht. Die Bergspitze ragte vor den Charakteren zum Himmel empor auf und es war hier auch der große Eingang zu einer Höhle zu erkennen. Über ein paar steinerne Stufen, die etwas nach unten führten, konnten sie die eigentliche Höhle betreten. Diese war sehr groß und geräumig. Es waren auch eine Schmiedeesse und ein großer Amboss zu erkennen. So musste dies die Höhle des gesuchten Zyklopenschmiedes sein. Der hintere Bereich wurde von einem großen roten Vorhang abgetrennt, auf dem auch seltsamerweise zahlreiche sehr große Blutflecken zu sehen waren. Auch auf dem Höhlenboden fielen den Abenteurern einige kleinere Blutlachen auf. Diese waren allzu deutlich zu erkennen.

Ohne weitere Umschweife zog Rydran den roten Vorhang beiseite, so dass der Blick freigegeben wurde auf einen sechs Meter großen Körper eines Zyklopen, der scheinbar regungslos auf seiner Lagerstatt lag. Zahlreiche Wunden waren nicht zu übersehen. Mara, die Elfe, und Lohrin, der junge Magier, machten sich sofort daran den Riesenkorpus zu untersuchen.

„Er lebt!“, berichtete Mara. „Er atmet zwar ganz flach und unregelmäßig, aber er lebt noch.“ Daraufhin bündelte sie zusammen mit Lohrin ihre Heilmagie, wodurch beide dem Zyklopen letztlich das Leben retten konnten. Ein paar Stunden später wäre jede Hilfe zu spät gekommen. Auf wundersame Weise schlossen sich die meisten Wunden des Zyklopen und es ging ihm damit schlagartig besser. „Erstaunlich, was man mit Magie so alles erreichen kann.“, meinte Tarek, der Zwerg, nachdenklich und strich sich unbewusst über seinen teils geflochtenen Rauschebart. Der Zyklop bedankte sich für die Heilung und stellte sich den Charakteren als „Pollusk“ vor. Doch war er immer noch sehr benommen. Mara bedeutete ihm, sich noch weiter auszuruhen. Erst, nachdem er diese Gelegenheit auch wahrgenommen hatte, konnte er dann seine Geschichte und über den erlittenen Vorfall berichten:

„Ich habe mich auf den Beruf des Schmiedes spezialisiert und bin im Stande, echte und hochwertige Meisterarbeiten anzufertigen. Mit dem Kaufmann, der euch gesandt hat, habe ich schon lange zu tun. So kann ich meinen Lohn und mein Brot verdienen, indem ich für ihn schon des Öfteren wahre Meisterwerke an Waffen herstellte. Er selbst verschenkt diese an hochkarätige und hochrangige Persönlichkeiten der Hafenstadt Zykla. Also an Leute, die eben auch wirklich was zu sagen haben. Weil er sich bei den Oberen dort anbiedern möchte, wie er zu mir einmal mit einem Augenzwinkern meinte. Ich bin dankbar für die Goldmünzen, die ich von ihm für meine Auftragsarbeiten erhalte. Denn es ist wesentlich einfacher ein Schaf zum Schlachten zu kaufen, als einen Steinbock zum Schlachten zu jagen. Leider habe ich auf dieser Insel, die ihr Menschen offiziell als „Einaugeninsel" bezeichnet, auch Neider. Wie ich jetzt ja nun bitterlich am eigenen Leibe erfahren musste. Ohne euer Zutun hätte ich den vorangegangenen Angriff bestimmt nicht überlebt. Denn so habe ich mich mit letzter Kraft zu meiner Lagerstatt geschleppt und auf meinem Bett nur noch auf den Tod gewartet." Pollusk schwieg für einen Moment, und nahm dann einen tiefen Atemzug, den er vollends genoss, bevor er fortfuhr: „Auf dieser Insel leben zwei weitere Zyklopen. Chrillask und Choptran. Diese beiden attackierten mich tödlich und stahlen auch das Schwert. Für einen Menschen eine Zweihänderklinge, die sehr gut in der Hand liegt und sehr scharfe Schneiden hat. Die beiden faselten etwas davon, dass sie diese Waffe ihrer Göttin schenken wollten. Stahlen beide aber auch meine wohlverdienten Goldmünzen. Chrillask und Choptran leben auch in einer Höhle, an der Spitze eines Berges, der weiter inseleinwärts im Süden aufragt. Ihre „Göttin", wie beide sie nennen, soll eine Medusa sein. So munkeln jedenfalls die Menschen, die hier mit Schiffen anlanden und hin und wieder auch mit diesen Spießgesellenduo zu tun haben. Ihr müsst für euch selbst entscheiden, ob ihr den Auftrag des Kaufmannes weiterhin folgen wollt, um das Schwert wiederzubeschaffen, oder ob ihr diese Unternehmung eben doch lieber abbrechen möchtet. Eine Karte, die euch zu den anderen beiden Zyklopen auf dieser Insel führen wird, kann ich euch gerne überlassen. Doch seid gewarnt. Auf dem Weg dorthin warten mit Sicherheit allerlei mögliche Monster als Gegner auf euch. Das Landesinnere dieser Insel ist wild und gefährlich. Auf diesem Berg hier bin ich in einer eher zivilisierteren Gegend. Das solltet ihr nicht vergessen, bevor ihr entscheidet."

Die fünf Freunde waren sich tatsächlich uneins, wie und ob sie überhaupt weiter verfahren sollten. Doch auch wenn es sehr gefährlich werden konnte für die Gruppe, einigten sich die fünf Freunde zu guter Letzt einstimmig darauf, dem Auftrag weiterhin nachzukommen und das Schwert irgendwie am Ende eben doch herbeizuschaffen. Der Moment des Aufbruchs ins Landesinnere kam dann auch mit der Zeit. So verabschiedeten sich die Abenteurer vom Zyklopen Pollusk und stiegen diesen ersten Berg wieder hinunter. Zumeist auf den Trampelpfaden wie sonst zunächst beim Aufstieg. Eine Karte, mit der groben Beschreibung der Insel führten die Charaktere mit sich. Freundlicherweise überlassen von dem Zyklopenschmied Pollusk.

Die Gefährten schritten in südlicher Richtung voran. In den inneren Bereich der Insel. Die Landschaft und die vorherrschende Vegetation erinnerten stark an das Bild einer Savanne oder Steppe. Auf einer kleinen Anhöhe, eher ein Erdhuckel als ein Erdhügel, konnten die Abenteurer eine halb-kugelförmige Hütte aus Lehm erkennen. Mit einem Grundrissdurchmesser von vielleicht acht mal acht Metern. Ein kleiner Einlass auf der Nordseite ermöglichte es der Gruppe einzutreten. Zur Überraschung der fünf Freunde war diese Behausung, oder was immer dies sein sollte, jedoch komplett leer. Es gab hier keine Einrichtungsgegenstände. Am Boden lagen zerstreut sehr viele menschlich anmutende Knochen. Einen kurzen Moment, nachdem die Abenteurer diese hohle Lehmkugel betreten hatten, waren von draußen markerschütternde, grässliche Schreie zu hören. Den fünf Freunden gefror buchstäblich das Blut in den Adern. Vor dem Eingang huschten dann draußen einige Schatten hin und her. Die Abenteurer, immer noch starr vor Schreck, waren im Gebäudeinneren gefangen.

Schließlich kam durch den Eingang ein Mischwesen aus einem großen Raubvogelkörper und dem Kopf einer Menschenfrau in gebückter Haltung herein marschiert. Zwei weitere dieser Wesen folgten ihr. Zum Glück konnten die Gefährten schon im nächsten Moment ihre Angst und ihre Schockstarre ablegen und sich mit vereinten Kräften in die Schlacht mit diesen Harpyien werfen. Die Charaktere kannten diese Geschöpfe nur aus Erzählungen und waren Harpyien noch nie leibhaftig begegnet. Verbissen kämpften die fünf Freunde gegen diese Kreaturen, die nach geraumer Zeit dann aber mit einem Mal kurz innehielten und den Kampf abbrachen. Umso durch den Eingang nach draußen zu flüchten und sich dann mit ihren Vogelschwingen in die Lüfte zu erheben und damit vollends das Weite zu suchen.

Harpyien konnten sehr aggressiv sein und blieben bis zuletzt stets unberechenbar. Das wussten die Charaktere nur zu gut. Aufgrund ihres sozusagen natürlichen Wahnsinns waren Harpyien und deren Absichten eigentlich nie wirklich richtig einzuschätzen. Die Gefährten waren froh darüber, dass diese Ungeheuer es bei diesem kurzen und heftigen Scharmützel belassen hatten und die fünf Freunde ihren Weg in Richtung Süden weiter fortsetzen konnten.

Nachdem die fünf Freunde zwei Stunden lang ihrer Marschrichtung gefolgt waren, kamen sie an eine klippenartige Bergkette, in die ein Eingang auf Erdhöhe hineinführte. In einen nächsten weiträumigen Höhlenkomplex. Wie sich später noch herausstellen sollte. In der Hoffnung, dieses Klippengebirge unterwandern zu können, traten die Abenteurer in die erste Höhle unter dem Berg ein und suchten sich im Fackelschein einen Weg durch die Finsternis. Unterwegs mussten sie sich in diesem Geflecht aus unterbergischen Höhlen mit mal mehr und mal weniger Minotauren herumschlagen. Offenbar waren diese Höhlen von einem ganzen Minotauren-Clan als dessen Heimstatt auserkoren worden. Zumindest waren diese Wesen den Gefährten über äußerst feindselig eingestellt. So dass die fünf Freunde jederzeit mit einem jeweils weiteren Angriff rechneten. Irgendwann aber war auch die letzte Höhle erreicht, die auch einen Weg nach draußen freigab, so dass sich die Gefährten alsbald in der bekannten Steppenlandschaft der Insel wiederfanden. Die Gruppe beschloss, sich auszuruhen und dabei unter dem aufkommenden Sternenzelt der Nacht unter freiem Himmel der fast schon vertrauten Wildnis ihr Lager aufzuschlagen. Gegen Mittag des nächsten Tages war dann auch der Berg erreicht, an dessen Spitze die Heimstatt der beiden Zyklopen-Spießgesellen namens Chrillask und Choptran laut Karte liegen musste. Die Charaktere machten sich also an den Aufstieg. Auch dieser Aufstieg war leicht. Wieder waren zu großen Teilen Trampelpfade zu nutzen, die einen Weg am Berg entlang bildeten. Bis auch hier schlussendlich ein Hochplateau erreicht war, von dem aus durch einen Eingang einer Höhle das Bergspitzeninnere betreten werden konnte. Die Charaktere traten in diesen aus der Natur entstandenen Räumlichkeiten auf die beiden Zyklopen und fanden sich kurzerhand in einen heftigen Kampf mit den beiden Riesenhaften wieder. Beide Zyklopen, Chrillask und Choptran, mussten am Ende ihr Leben lassen, ohne dass sie den fünf Freunden wirklich schwere Treffer mitgeben konnten. Die zwei Übeltäter mussten so also für ihre Schandtaten bezahlen, doch von dem meisterhaften angefertigten Zweihänderschwert war in diesen Zyklopenhöhlen nichts zu sehen. Da waren die fünf Freunde zunächst sehr enttäuscht. Doch erinnerten sich diese daran, dass Pollusk davon sprach, dass die beiden, nun toten, Zyklopen eine Medusa als Gottheit verehrten und das Schwert als Opfergabe an diese vermeintliche Göttin gedacht war. Nur wo mochte sich dieses Wesen aufhalten? Und wo war das Schwert geblieben?

Die Charaktere sahen sich deswegen sehr genau in diesem hochgelegenen, eher einfachen Höhlenkomplex um und fanden schließlich eine doch geräumige Nische, in der eine gewundene Steintreppe in Zyklopengröße nach unten in die Dunkelheit führte. Eine Fackel wurde entzündet und die fünf Abenteurer machten sich auf den Weg des Abstiegs. Auf diese Art und Weise konnten die Gefährten jede einzelne Treppenstufe gefahrlos nach unten steigen, da der jeweils nächste Absatz genug Platz und Sicherheit bot. Nach einer gefühlten Ewigkeit war der Boden einer ansonsten leeren Höhle erreicht, deren Ausgang in einen kleinen Talkessel mündete. Am gegenüberliegenden Ende war ein kleines Plateau mit einem sich dahinter auftürmenden Gebirgszug zu erkennen. Das Tal selbst durchmaß vielleicht hundert mal hundert Meter und das Plateau am anderen Ende war ohne große Mühe zu erklimmen.

Auf dem Plateau angekommen, war ein Eingang in dem überwältigend wirkenden Gebirgszug zu erkennen. Eine weitere Höhle oder sogar ein ganzer Höhlenkomplex, mochte sich so zunächst dahinter verbergen. Oberhalb des Höhleneingangs war ein kreisrundes Emblem aus Metall angebracht, dass den Kopf einer Medusa dreidimensional zeigte. Das markante Frauengesicht mit der Haarpracht aus kleinen Schlangen war eindeutig zu erkennen. Im dunklen Eingang der Höhle unterhalb der Metallscheibe erschienen mit einem Mal drei Augenpaare, und ein einzelnes drohendes Knurren war zu vernehmen. Die Charaktere nahmen auf dem Plateau eine abwartende Angriffshaltung ein und blieben so dicht wie möglich beieinander. Mit einem gewaltigen Satz kam ein riesiger dreiköpfiger Wolf aus dem Dunkel der Eingangshöhle hervorgeschossen und stürzte sich augenblicklich auf die Gefährten. Dem darauffolgenden, verbissen geführten Kampf konnten die fünf Freunde für sich entscheiden. So war der Weg frei, um durch den Höhleneingang Neuem und Unbekanntem entgegenzutreten. Die fünf Abenteurer machten sich so ihre Gedanken. Es war offensichtlich, dass es die Gefährten in diesem weitläufigen Höhlenkomplex auch mit einer Menge mehr Monstern zu tun bekommen würden als nur einzig und allein mit einer einzigen Medusa. „Was sollen wir denn nur tun, wenn wir ganz unverhofft auf diese Schlangenhaarfrau treffen?“, wollte Sorresson, der Nordmann, wissen. „Das werden wir sehen, sobald der Erste von uns versteinert, nachdem er um eine Ecke gegangen ist.“, meinte Rydran mit sehr sarkastischem Unterton. Gemäß dieser Maßgabe tasteten sich die fünf Freunde sehr sehr vorsichtig durch dieses doch sehr ausgedehnte Höhlenlabyrinth. Es waren einige Gegner in Form von Tieren oder Monstern zu bezwingen. Egal ob es nun Fledermäuse, Ratten oder eine riesige Spinne waren, mit denen sich die Gefährten auseinandersetzen mussten, oder ob es ein Mega-Riesentausendfüßer war, den es zu bezwingen galt. Selbst eine Riesensüßwasserkrake, die ihr Zuhause in einem größeren Wasserschlammloch hatte, musste irgendwie überwunden werden. Die Abenteurer bahnten sich unermüdlich einen Weg durch das weitläufige System aus Höhlen und Gängen. Am Ende erreichten die fünf Freunde eine Metalltür, auf dem dasselbe Emblem prangte wie schon am eigentlichen Eingang zu diesem unterirdischen Irrgarten. Sie horchten an der Tür und hörten so auf der anderen Seite ein sehr lautes, zischendes, klickendes und rasselndes Geräusch. Ähnlich wie bei einer Klapperschlange. Nur musste diese vermeintliche Schlange wesentlich größer sein. Aufgrund des Symbols an der Tür waren sich die fünf Kämpfer einig, dass sie die Medusa -die sogenannte Göttin der beiden Zyklopendiebe- gefunden hatten.

Die fünf Freunde banden sich ihre Augen mit Tüchern zu, um vor dem versteinernden Blick der Medusa geschützt zu sein und entwarfen einen Schlachtplan. Nachdem sich die Fünf hinreichend abgesprochen hatten, öffneten sie die sehr leicht zu öffnende Metalltür und traten vorwärts und völlig blind in unbekanntes Terrain ein. Zur großen Erleichterung der Gefährten schien die neue Höhle einigermaßen ebenerdig zu sein. Tarek, der Zwerg, ging einige Schritte voraus und machte dabei auch sehr viel Lärm, um die hier vermutete Medusa ganz bewusst auf sich aufmerksam zu machen. Das Zischen, Klicken und Rasseln wurde schnell lauter und schien sehr rasch näher zu kommen. Offenbar verfügte das unbekannte und ungesehene Monster in diesem Raum über keinerlei Fernkampfwaffen. Denn ansonsten wäre es sehr leicht gewesen Tarek mit einem gut gezielten Pfeil zu töten. Der Zwerg war sich wohl bewusst, welches Risiko er da eingegangen war, sich praktisch freiwillig als Kanonenfutter zur Verfügung zu stellen. Dieses Risiko ging er für seine langjährigen Freunde aber gerne ein. Es galt so ja auch, die Gruppe zu schützen.

Als sich die anderen Mitglieder sicher waren, dass die Medusa in unmittelbarer Nähe war, sprangen sie, immer noch mit verbundenen Augen, vor und hieben mit aller Macht auf eine bestimmte Stelle. Da die Klingen ihrer Waffen auf kräftigen Widerstand stießen, mussten die Abenteurer also auch irgendetwas getroffen haben. Sie verließen sich dabei allein auf ihr Gehör, denn niemand wollte das Risiko eingehen, die Augenbinde zu früh abzunehmen, um wieder gucken zu können. Die Medusa musste auch schon einige schwere Treffer eingesteckt haben. Schließlich packte den Zwerg Tarek eine mächtige, aber eben doch auch irgendwie menschlich anmutende, Pranke am Hals. Durch seinen Aufschrei konnten seine Begleiter sehr genau einordnen, wo sich die Medusa befinden musste. Wieder hieben und stachen die übrigen Gefährten wie wild auf den vermuteten und unbesehenen Gegner ein. Plötzlich erstarb das Zischen, Klicken und Rasseln. Tarek spürte, wie etwas Schweres an seinem Zwergenkörper entlang zu Boden fiel. War die Medusa, wenn es die Medusa denn auch wirklich war, tot und damit besiegt?

Mara, die Elfe, riet ihren Freunden, die Augenbinden noch nicht abzunehmen und machte sich daran, das Schwere, was da auf den Boden geplumpst war, zu ertasten. Sie konnte das nun leblose Wesen befühlend als eine Medusa identifizieren. Die Elfe kramte ein weiteres Tuch aus ihrer Bauchtasche hervor, drehte das Gesicht der toten Kreatur auf den Boden und breitete das Tuch über dem Kopf der Schlangenhaarfrau aus. Erst danach trauten sich die fünf Freunde, ihre behelfsmäßigen Augenbinden abzunehmen. Mehrmals überprüften und vergewisserten sich die fünf Kämpfer, ob die bezwungene Kreatur denn auch wirklich seelenunwiederbringlich tot war. Im Anschluss nahmen die siegreichen fünf Freunde die Höhle der Medusa in Augenschein. Von der Sache her war diese sehr große Höhle eher eine Halle einer alten und verwitterten Tempelanlage, die ganz grobschlächtig in den Felsen hinein gehauen war. Viele umgestürzte Säulen lagen auf dem Erdboden umher. Am hinteren Ende dieser Halle war ein Steinaltar errichtet, geschmückt mit unbekannten Ornamenten. Auf diesem Altar lag ein kunstvoll filigran gearbeiteter, aber doch auch wuchtiger, Zweihänder. Mit der richtigen Größe für einen ausgewachsenen Menschen. Die Abenteurer sackten ihren gesuchten Gegenstand ein und machten sich daran, mit ihrem Rückweg zu beginnen. Der Rückweg war zwar immer noch sehr lang, aber eben doch um einiges leichter zu bewältigen. Da ja bereits alle möglichen Gegner oder Monster aus dem Weg geräumt waren. Die Gefährten entschlossen sich dafür, ihrem Zyklopenfreund Pollusk noch einen letzten Freundschaftsbesuch abzustatten, bevor es zurück nach Zykla gehen sollte. Pollusk freute sich sehr über diesen Besuch und konnte den Freunden versichern, dass sie die richtige Meisterarbeit, geschaffen aus seinen Schmiedehänden, gefunden hatten. Die Stunde des endgültigen

Abschieds nahte, und bald darauf fanden sich die glücklichen Abenteurer am Strand der Insel wieder. Der Kapitän des Schiffes erklärte, dass seine Mannschaft in der Zwischenzeit Proviant und Vorräte hinreichend aufgefüllt hatten, und so sprach nichts dagegen ziemlich zügig in See zu stechen. Mit Kurs auf die Hafenstadt Zykla. Die Seereise zurück verlief abermals sehr ruhig und ohne störende Zwischenfälle. Wofür die Reisenden alle miteinander sehr dankbar waren. Es kam der Tag, an dem die Hafenstadt Zykla erreicht war, und so konnten die Gefährten dem Kaufmann „seine Bestechung für die Verantwortlichen der Stadt“ übergeben und ihren sauer verdienten Lohn einstreichen. Nachdem alles Geschäftliche erledigt war, stellte sich für die fünf engen Freunde die Frage, wo es von Zykla aus als nächstes hingehen sollte.

Im Dschungel von Rakhallah

Der Dschungel um die Stadt Rakhallah, tief im Süden des Kontinents. Ystra war schier undurch-dringlich. Es war sehr mühsam, überhaupt irgendwie voranzukommen. Die Charaktere mühten sich redlich, sich durch diesen sehr dicht gewachsenen Busch zu kämpfen. Auf ihrem Weg zu einem Ort namens Ellacor, wo eine der größten Smaragdminen unter der Fuchtel und im Einzugsbereich von Rakhallah betrieben wurde. Unsere Gefährten hatten sich dem Vorhaben verschrieben, die dort schuftenden Sklaven zu befreien und damit den Betrieb der Smaragdminenhölle gewaltsam einzustellen und zu unterbinden. Die Stadt Rakhallah, und die Einflussgebiete dieser Stadt waren auf dem Kontinent Ystra als „Pestbeule" tief im Süden der bekannten Welt verschrien. In Rakhallah gab es nur einige wenige und sehr reiche Oligarchen, die in prunkvollen Palästen jeden Tag aufs Neue in Saus und Braus lebten. Die übrigen Bewohner dieser Ortschaft mussten im Dreck und in bitterer Armut vor sich hinvegetieren und blieben ihrem Elend selbst einfach nur hilflos überlassen. Regelmäßig auftretende Aufstände der niederen Bevölkerung gegen die reichen Herren der Stadt wurden von deren Söldnern und Schlägern genauso regelmäßig und immer wieder sehr blutig zurückgeschlagen. Denn die Reichen wollten von ihrem, oft völlig unrechtmäßig erworbenen Reichtum nichts abgeben und zeigten bei jeder sich bietenden Gelegenheit sehr deutlich, wer das Sagen in diesem Ort hat. Nicht selten wurden die armen Bewohner der Einfachheit halber dann auch wirklich versklavt, um als Arbeitskräfte zum

Nulltarif in den Edelsteinminen der angrenzenden Gebiete bis zur völligen Erschöpfung nach Smaragden oder Diamanten zu graben. All diese Dinge über Rakhallah und dessen Machenschaften waren in den übrigen Gebieten des Kontinents Ystra hinlänglich bekannt und offen diskutierte Geheimnisse. Freiheitsliebende Menschen und Humanoiden trieben diese generell gültigen Gegebenheiten tief im Süden von Ystra oft genug die Zornesröte ins Gesicht. Und so kamen an dieser Stelle dann auch unsere fünf Abenteurer ins Spiel. Zwar waren sich diese sehr wohl bewusst, dass sie durch diese Skalvenbefreiungsaktion die generell vorherrschenden und menschenverachtenden Umstände nicht wirklich aus dieser Welt schaffen konnten, doch war es auf diesem Weg möglich, den hier ansässigen grausamen Oberen zumindest ein kleines Schnippchen zu schlagen. Wie aber nun kamen die fünf Freunde auf die Idee, sich hier, tief im Süden des Kontinents, durch den ausgedehnten Dschungel um den Moloch Rakhallah herum, in unwegsamen Gelände auf den Weg Richtung Ellacor zu begeben?

Einige Tage zurückgeblendet befanden sich die Charaktere nach ihrem letzten Abenteuer immer noch in der geschäftigen Hafenstadt Zykla, um sich eben dort eine kurze Zeit der Erholung zu gönnen. Der Kaufmann, für den sie das Zyklopenschwert zurückerobert hatten, machte sie in der Zwischenzeit mit den übrigen Mächtigen der Ansiedlung bekannt. Einmal als Zeichen seiner Wertschätzung, aber auch, weil einer von diesen anderen vermögenden Kaufleuten ein besonderes Anliegen an die Gefährten mit sich herumtrug. Wie sich heraus stellte, hatte eben jener andere betuchte Kaufmann einen jungen Sohn, sozusagen im wehrfähigen Alter, der in seinem Übermut auf Abenteuersuche war und sich deshalb einer Partisanenorganisation angeschlossen hatte, die sich rund um die „Pestbeule" Rakhallah herum um die Befreiung von Sklaven bemühte. Und um die befreiten Sklaven dann per Schiff in Richtung Zykla in Sicherheit und in echte Freiheit zu bringen. Die Idee des erwähnten Kaufmanns war deshalb, dass die Abenteurer seinen Sohn zunächst bei dessen Vorhaben unterstützen sollten. Um dabei aber gleichzeitig auf den idealistischen und verwöhnten Sprössling einzuwirken, beizeiten doch bitte schön auch wieder einmal in seine Geburtsstadt Zykla, und zu seinen Familienangehörigen hier, zurückzukehren. Die Aussicht Menschen und/oder Humanoide aus dem Joch der Sklaverei zu befreien, entzündete bei der Elfe Mara den nötigen Funken an Eifer, durch den die übrigen vier Gefährten sich dann letztlich auch breitschlagen ließen, diesen Auftrag anzunehmen. Mit einem Schiff ging es so dann gen Süden, wo die Freunde ziemlich bald ein Stück weit weg von der Binnenstadt Rakhallah an Land gesetzt wurden und sich nun durch den Dschungel schlagen mussten.

Die fünf Gefährten waren nun schon zwei Tage in diesem chaotischen und sehr dicht gewachsenen Dschungel unterwegs, und mussten das unangenehme feuchtwarme Klima ertragen. Wo ein Stütz-punkt der zu suchenden Sklavenbefreiungsorganisation zu finden war, konnten die Charaktere jederzeit in dem

Tagebuch des Sprösslings nachlesen, dass ihnen der Kaufmann freundlicherweise überlassen hatte.

„Mir klebt mein Kettenhemd an meiner unteren Rückenverlängerung, wenn ich das mal so sagen darf.“, meinte Tarek, der Zwerg, ziemlich brummelig.

„Du kleine Schildkröte bist selber schuld, wenn du deinen Schutzpanzer nicht ausziehen magst. Da kann es dir schon mal unheimlich werden an deiner unteren Rückenverlängerung.“, neckte Mara, die Elfe, als Antwort zurück.

Damit war wieder einmal der Zeitpunkt gekommen, an dem sich das schon öfter bekannte Gekichere der anderen hörbar einstellte. Tarek brummelte verärgert weitestgehend unverständliche Worte in sich hinein. Doch so etwas wie ein „spitze Elfenohren mit einem Schleifstein rund schleifen“ war auf alle Fälle irgendwie dann doch herauszuhören. Mara, die Elfe, warf mit einem Grinsen einen kurzen Blick zurück und ging dann bewusst schweigend weiter. Wie die anderen Gefährten auch.

Der Dschungel wurde inzwischen etwas lichter und schon bald war eine Lichtung erreicht, in der eine kleine Ansammlung von Hütten aus Bambusholz zu sehen war. Die Abenteurer betraten leise diese Lichtung, da sie davon ausgingen, dass die Holzhütten höchstwahrscheinlich nicht bewohnt zu sein schienen. Es war keine Menschenseele zu sehen.

Mit einem Mal ertönte ein schriller Pfiff aus dem gegenüberliegenden Dschungeldickicht. Im nächsten Moment sahen sich die fünf Freunde von vielleicht zwanzig Menschen und Humanoiden umzingelt, die schon sehr wehrhaft und kampfbereit aussahen. Ein junger Mann von vielleicht fünfundzwanzig Jahren betrat das Innere des Kreises, der aus diesen entschlossenen fremden Kämpfern gebildet wurde. Er verschränkte seine Arme vor seiner stolz geschwellten Brust und fragte die fünf Gefährten danach, was sie denn in dieser Abgeschiedenheit des Dschungels zu suchen hätten. Die fünf Freunde erklärten daraufhin wahrheitsgemäß ihren Auftrag von dem betuchten Kaufmann aus Zykla. Im weiteren Gesprächsverlauf konnte alles ordnungsgemäß geklärt werden. Denn der junge Mann und Anführer der kleinen Horde war tatsächlich der Sohn des besagten Kaufmanns. Mit der festen Absicht, Sklaven zu befreien. Die Sklavenbefreier hatten das Kommen der fünf Freunde durch Späher bemerkt und sich deshalb zunächst erst einmal in der Nähe in den Dschungel zurückgezogen. Aus Angst, dass sie von irgendeinem Schlägertrupp aus Rakhallah letztlich dann doch aufgespürt worden sein konnten. Erst als sich herausstellte, dass es die fünf Charaktere waren, trauten er und seine Männer sich auf ihre Wohnlichtung zurück. Schlussendlich waren alle Beteiligten froh, nicht auf irgendwelche aggressiven Feinde getroffen zu sein.

Die weitere Vorgehensweise wurde einvernehmlich besprochen. Schon bald brach der Tross der Sklavenbefreier, inklusive der Charaktere, in Richtung Osten ins Landesinnere auf. Ziemlich direkt dort war eine Smaragdmine der Herren von Rakhallah anzutreffen, die von einigen Spähern der Sklavenbefreier im tiefen Dschungel bereits vorher schon ausfindig gemacht worden war. Nach drei Tagen anstrengenden Fußmarsches durch oftmals sehr unwegsames Terrain war die genannte Smaragdmine erreicht. Im engeren Dunstkreis um die Mine herum wurde die weitere und anzuwendende Taktik besprochen. Von dem Punkt der fünf Freunde aus zu sehen, war ein kleiner baumfreier Bereich, in dessen Mitte etwa ein zwei Meter durchmessendes Loch in die Erde führte. Offenbar der einzige wirkliche Eingang zur Smaragdmine. So betrachtet war dies kein sonderlich aufsehenerregender Anblick, doch die acht Ogerwachen, die um dieses Erdloch herum ihren Posten bezogen hatten, waren ein eindeutiges Anzeichen. Die ach so edlen Herren aus der Pestbeule Rakhallah bedienten sich sehr gerne an der Ogerspezies, um diese als Wachsoldaten oder als militärische Einheiten einzusetzen. Dadurch konnten sie zusätzlichen Schrecken unter der herkömmlichen und sehr armen Hauptbevölkerung verbreiten.

Diese acht Ogerwachen waren gewiss nicht die einzigen Feinde an diesem Ort. Innerhalb der eigentlichen Mine wurden von den Protagonisten dieser Geschichte noch weitere Menschenfresser vermutet. Doch mit diesen acht sichtbaren Wachen konnten die Freunde zusammen mit dem Tross der

Antisklavereibewegung leicht fertig werden. Es musste nur verhindert werden, dass zu viel und zu schnell Nachschub aus dem eher unscheinbaren Erdloch ins Freie drang.

Auf ein Signal des Kaufmannssohnes hin stürmten seine Getreuen die Lichtung und verwickelten die sichtbaren Oger in Gefechte. Die fünf Freunde kämpften direkt am Erdloch dafür, dass keine Verstärkung aus dem Erdinneren nach oben ins Freie dringen konnte. Und aufgrund der räumlich vorgegebenen Begebenheiten hatten es die fünf Gefährten nie als mehr wie mit zwei Ogern zugleich zu tun. Dadurch waren die acht Ogerwachen außerhalb auch ziemlich bald besiegt. Dank der gut zwei Dutzend Kämpfer, die der Kaufmannssohn als Anführer zur Verfügung hatte. Die fünf Charaktere selbst konnten direkt am Erdloch den nachkommenden Nachschub an Ogerwachen durchaus in Schach halten und immer wieder erfolgreich zurückschlagen. Eine erste Schlacht war somit erfolgreich überstanden. Doch was genau vermochte sich im unbekannten Erdinneren noch verbergen? Die fünf Freunde wurden damit beauftragt, die sich unter der Erde ausdehnende Smaragdmine zu erkunden. So stiegen die fünf Gefährten den eigentlichen Zugang zu der Mine herab und untersuchten die ersten Gänge und Räume unterhalb der Dschungelwaldoberfläche. Es war gut zu erkennen, dass das Smaragdgestein hier wohl schon sehr erfolgreich und ausgiebig abgebaut worden war. Ein Labyrinth aus Gängen und unnatürlich in den Stein gehauenen künstlichen Höhlen führte praktisch Ebene für Ebene stetig tiefer ins Erdinnere.

Die Abenteurer waren sehr darauf bedacht leise zu sein und sich umsichtig und vorsichtig zu verhalten. Denn alles so auszukundschaften und dabei vorzugehen, wie die Axt im Walde, wäre einfach unangemessen gewesen und hätte die Gruppe sehr schnell in echte Todesgefahr bringen können.

Irgendwann und irgendwo in diesem weit ausgedehnten Dungeon trafen die fünf Freunde auf einen menschlichen Sklaven, der in ihren Armen sterbend sein Leben aushauchte und den Gefährten aber dennoch einen Hinweis geben konnte, wo sie den Großteil der hier eingesetzten Sklaven finden konnten. Die fünf Abenteurer machten sich also auf den beschriebenen Pfad in diesem unterirdischen Irrgarten. Ohne zu wissen, ob sie den neu erhaltenen Informationen denn auch wirklich glauben konnten oder nicht. Am Ende war eine sehr große in den Stein gehauene Höhle erreicht. An den Wänden dieser Höhle blitzten immer wieder kleine Smaragdstückchen im Gestein auf. Es war so also anzunehmen, dass hier sozusagen die Hauptschlagader des Smaragdvorkommens in diesem unterirdischen Teil des Dschungels gefunden worden war. An die gegenüberliegende Wand gedrängt, standen knapp über fünfzig Sklaven. Größtenteils Menschen. Vermutlich häufig genug direkt aus der Stadt Rakhallah selbst für diesen Frondienst in der Smaragdmine herangezogen. Vor diesem Menschenknäuel hatten sich sechs Oger aufgebaut, die immer wieder ihre Peitschen knallen ließen und wild drohend mit ihren stattlichen Keulen in der Luft herumfuchtelten. Die Zeit zum Handeln war gekommen und die fünf

Gefährten warfen sich mit lautem Gebrüll auf die hier befindlichen Ogerwächter. Die Sklaven selbst waren zunächst stark verunsichert. Doch nachdem diese nach einem kurzen Moment der Unentschlossenheit ihre Hemmungen ablegen konnten, warfen sich auch diese eigentlichen Sklaven den sechs Ogern entgegen und schlugen mit Spitzhacke und Schaufel auf ihre Peiniger ein. Dieser wohl endgültige Kampf dauerte alles in allem nicht wirklich lange und war ziemlich bald zum Ende gekommen. Sklaven und unsere Abenteurer gingen eindeutig als Sieger hervor. Ohne irgendwelche nennenswerte Verluste. Zwar wurden einige Sklaven bei diesem Gefecht doch auch schon schwerer verletzt, aber es gab keine Todesopfer zu beklagen. Außerdem war nicht damit zu rechnen, dass von woanders her weitere Oger in diese Höhle stürmen könnten, da diese durch den lauten Kampflärm schon längst hätten angezogen worden sein müssten und dann auch in der Zwischenzeit aufgetaucht wären. Es ging für unsere fünf Abenteurer nun darum die befreiten Sklaven aus diesem unterirdischen Labyrinth sicher zum Einstieg und an die Erdoberfläche zu bringen. Die Möglichkeit zu etwaigem Reichtum durch die Mitnahme von zahlreichen Rohsmaragden ließen alle Beteiligten dabei ganz bewusst völlig außer Acht. Das primäre Ziel nach dem endgültigen Sieg über die Ogerwachen war es, diesen Ort so schnell wie möglich zu verlassen. Bevor die hohen Herren aus Rakhallah Verstärkung kommen ließen, um dieser für sie höchst unfreudigen Entwicklung der Dinge ein jähes Ende zu machen. Im Nachhinein waren die fünf Freunde, die Kämpfertruppe des Kaufmannssohnes und die befreiten Sklaven ziemlich schnell auf dem Rückweg zum

Basislager der Partisanen im Dschungel. Zum Glück war niemand aus diesem Haufen so verrückt für immerhin möglichen Reichtum in der Smaragdmine zurückzubleiben, sondern alle zogen sozusagen an einem Strang. Ohne dass jemand aus der Reihe tanzte. Im Basislager angekommen ging es im Wesentlichen nur darum, das Notwendigste und Dinge, die unbedingt gebraucht wurden mitzunehmen und alles andere liegen zu lassen. Der Weg, durch den oft sehr dicht bewachsenen Dschungel führte weiter zur Küste, wo die befreiten Sklaven und auch die Freiheitskämpfer über Beiboote zu einem Schiff gebracht wurden, um dann alle Beteiligten über die offene See zurück nach Zykla zu bringen.

Unterwegs kam es auf dem Meer entlang der Küstenlinie zu einem Zwischenfall mit äußerst aggressiven Seepiraten, doch konnte die daraus resultierende Schlacht erfolgreich geschlagen werden. Denn auch die befreiten Sklaven blieben an Bord nicht untätig und waren sehr wehrhaft. Das Schiff der Piraten konnte in Besitz genommen werden, und es standen auch genügend Seeleute zur Verfügung, um dieses Schiff im Schlepptau ebenfalls sicher nach zwei weiteren Wochen im Hafen von Zykla anlegen zu lassen.

Durch den Verkauf des eingeheimsten Piratenschiffes konnte den befreiten Sklaven ein Startkapital an die Hand gegeben werden, um sich in Zykla oder in der Gegend drum herum ein neues und vor allen Dingen wirklich freies Leben aufbauen zu können. Der

Kaufmann, von dem die Abenteurer den eigentlichen Auftrag erhalten hatten, nahm seinen Sohn vor Freude überschäumend in die Arme und erdrückte seinen Sprössling damit fast. Nach einiger Vorbereitungszeit wurde den fünf Freunden zur Ehre auf dem Anwesen des Kaufmanns ein großes, drei Tage dauerndes Fest veranstaltet. Im Rahmen dieser Feierlichkeiten wurden dann auch die befreiten Sklaven aus der Smaragdmine ganz offiziell als neue Bürger von Zykla willkommen geheißen. Sie durften sich zunächst auf dem Gelände des Kaufmannes aufhalten, bis für jeden Einzelnen eine neue Bleibe gefunden war. Unsere fünf Freunde verabschiedeten sich, nachdem sie ihren Lohn eingestrichen hatten und wollten mit fester Absicht im Nachhinein wieder weiter nach Norden reisen. So kam am Ende der Tag des Aufbruchs.

Die Stadt Nordfeste

Zykla lag schon lange zurück hinter den Abenteurern. Auch die Ortschaft Weidensee hatten die Gefährten bereits weit hinter sich gelassen. Schon bald hatten die fünf Freunde die ersten Ausläufer des nordwestlichen Marschlandes erreicht. Kniehohe breite Grashalme umschmeichelten immer öfter und immer dichter die Beine der Charaktere. Das Gebirge um Weidensee herum war auch schon von den Kameraden erfolgreich und ohne Zwischenfälle passiert worden. Hinter einem Hügel, der ebenfalls fast vollständig mit dem regional üblichen Gras bewachsen war, traten mit einem Mal ein Dutzend Orks hervor. Sie bemerkten die fünf Freunde nur allzu schnell und äußerst deutlich. Der Anführer der Orks, der etwas größer und kräftiger gebaut war als seine Mitstreiter, bedeutete der kleinen Orkrotte unverzüglich anzugreifen. Die fünf Gefährten waren mittlerweile durch ihre bestandenen Abenteuer kampferprobt genug, um diesen kurzen, aber heftigen Angriff erfolgreich abzuwehren. Auch der Anführer der Orks lag bald darauf leblos am Boden.

Aus den Erzählungen anderer Reisender wussten die Charaktere, dass in dieser Gegend des Konti-nentes Y-stra vermehrt und praktisch zu jeder Tages- und Nachtzeit mit Orküberfällen zu rechnen sei. Gerade auch, weil es die Orks liebten, sich im hohen Gras oder hinter aufragenden Hügeln zu verstecken. Um dann aber auch völlig unverhohlen und mit ungebremster

Härte auf ihre ausgewählten Opfer einzuprügeln. Doch waren die fünf Freunde erfahren genug, um solche Attacken doch noch irgendwie abwehren zu können. So lange nicht zu viele Orks auf einem einzigen Haufen auftauchten.

Die Reise durch die Region der Marschlandwiesen ging weiter, und die Abenteurer wollten unbedingt die Stadt Nordfeste erreichen. Eigentlich aber auch nur, um zu sehen, was in dieser nördlich gelegenen Ansiedlung so los ist. Es vergingen mehrere ereignislose Tage durch das schier unendlich anmutende Marschland, bis die Gefährten einen zweiten Orkangriff abwehren mussten, bevor am Ende die Stadttore der Stadt Nordfeste erreicht waren. Direkt dort angekommen, am südlichen Stadttor der Ortschaft, galt es zunächst, die üblichen, eher unangenehmen, amtlichen Formalitäten zu erledigen und über sich ergehen zu lassen. Nach dieser Prozedur stand es den fünf Freunden dann frei, das Innere der Stadt Nordfeste zu betreten. Geschäftiges Treiben herrschte auf den Straßen und die Stadt pulsierte geradezu voller Leben.

Die Stadt Nordfeste wurde fast ausschließlich aus Holz erbaut und war von hoch aufragenden Holzpalisaden umgeben. In regelmäßigen Abständen ragten immer wieder Holztürme entlang der äußeren Palisade auf. Zumeist in einem Abstand von jeweils dreißig Metern zueinander. Als Stadt verfügte Nordfeste über insgesamt vier große Stadttore, die jeweils mit schweren Eisengittern gesichert waren und dabei rechts und links von einem extra großen Holzturm flankiert wurden. Jedes dieser vier Stadttore wies dabei, genau ausgerichtet, in eine der vier Haupthimmelsrichtungen Nord, Süd, West und Ost. Normalerweise wurden die Stadttore mit abgesenkten Eisengittern geschlossen gehalten, um nur bei Bedarf über je eine Seilwinde hochgezogen zu werden, damit Freunde wie die fünf Charaktere in die Stadt einlassen zu können. Unter strengem und unnötig aufmerksamem, scharfem Blick der wachhabenden Stadtwachensoldaten.

Die größten Gebäude der Stadt Nordfeste waren höchstens drei Stockwerke hoch und wurden ansonsten eher an der eigentlichen Grundfläche am Boden mit Abstand und bei Bedarf erweitert. Das imposanteste Gebäude war das Haus des Stadtratsparlamentes. Wo ein unter den Einwohnern von Nordfeste demokratisch gewählter Stadtrat über die Geschicke der Stadt und der näheren Umgebung in jeder nötigen Versammlung immer wieder erneut und aufgrund aktueller Ereignisse bestimmen konnte. Die Bevölkerung der Stadt Nordfeste bestand zum durchaus wesentlichen Teil aus Menschen. Ergänzend gab es nur ein paar Zwerge und noch ein bisschen weniger Elfen, im Vergleich dazu im allgemeinen Stadtbild zu sehen.

Gegründet wurde die Stadt Nordfeste aus der Idee heraus, diese als eine Art „Fluchtburg“ für alle erdenklichen Reisenden im weitläufigen und völlig ungeschützten Marschland zu errichten, das sich immerhin weit über den großen nordwestlichen Teil des

Kontinentes Ystra ausbreitete. Die Einwohnerzahl dieser Ortschaft schwankte dabei, zumindest in neuerer Zeit, um eine Zahl von dreißigtausend Seelen herum. Die Stadt Nordfeste ist im nordwestlichen Teil des Kontinentes Ystra die einzig nennenswerte Ansiedlung in einem weiten, zumeist unbewohnten Marschland, das sich in dieser Region des Kontinentes bis an die Küsten heran ausdehnt. Da das umgebende Marschland kaum Deckung bietet, durchstreifen immer wieder vereinzelte Orkbanden eben diesen Nordwesten mit bestimmter Regelmäßigkeit. Immer auf der Suche nach leichten Opfern. Auch die Hauptcharaktere dieser Geschichte haben ja wie eingangs erwähnt ihre Erfahrungen mit den Orkmeuten gemacht. Nun waren die fünf Freunde aber erfolgreich im Inneren der Stadt Nordfeste angekommen und konnten sich in aller Ruhe, geschützt durch die die Stadt umgebenden Holzpalisaden und die dort postierten, stets wachsamen Stadtsoldaten nach einer passenden Bleibe umsehen. Um eine langfristige Übernachtungsmöglichkeit in dieser Holzstadt zu haben.

Die Wahl fiel auf ein gutbürgerliches Gasthaus mit dem eher neutralen Namen „Zum Grünen Holm“. Zunächst gönnten sich die Abenteurer ein ausgiebiges Mahl in der Wirtsstätte. Mit richtig schönem Wildbrätfleisch, gegartem Gemüse und Kräuterkartoffeln. Danach bezogen die fünf Gefährten in einem kleinen Schlafsaal mit insgesamt sechs Strohbetten ihr Quartier und richteten sich so gut es erst einmal ging sozusagen häuslich ein. Denn die Charaktere hatten sich darauf geeinigt dann doch länger in der recht großen

Ortschaft Nordfeste zu verweilen. Abends fanden sich die fünf Kameraden zum Bier und Wein trinken unten im Schankraum des Wirtshauses „Zum Grünen Holm“ ein und hörten sich dort dabei auch nach den neuesten Nachrichten und dem neuesten Klatsch um.

Wie sich herausstellte, hatten die ortsansässigen Einwohner sehr große Angst vor einem großen und wohlorganisierten Angriff der umlandigen Orks auf die Stadt. Angeblich rotteten sich mehrere Ork-Clans zu einem gigantischen Heer zusammen, um die Stadt Nordfeste anzugreifen und dem Erdboden gleich zu machen. Auch angeblich sollte hinter diesem geplanten Prozess von Seiten der Orks eine grausame und skrupellose Hexe stecken, die vor der nordwestlichen Spitze an der Küste dieser Region in einer Schlossruine ihr Hauptquartier aufgeschlagen hatte. Und sich vielleicht auch durch den Einsatz höherer Magie die einzelnen, weit verbreiteten Ork-Stämme gefügig machen konnte, um ihre eigenen Pläne zu verwirklichen. Für die Charaktere war dies so alles mehr als einfach nur unbestimmtes Hörensagen, sondern fast schon bewiesene Halbwahrheiten. Mit dem Entschluss am nächsten Morgen die Stadtoberen im großen Rathaus aufzusuchen, um die offizielle und amtlich bestätigte Version dieser eher gerüchtegleichen Äußerungen zu bekommen, gingen die fünf Freunde zu später Stunde ins Bett.

Am nächsten Tag dauerte es bis über die Mittagsstunde hinaus, bevor die fünf Abenteurer ihrem

Vorhaben denn dann auch tatsächlich nachkamen. Es dauerte vor Ort einige Zeit, bis sie bei den Stadtoberen auch wirklich vorsprechen konnten, doch waren die tags zuvor in Erfahrung gebrachten Einzelheiten hauptsächlich und zu wesentlichen Teilen bestätigt.

Es dauerte noch drei weitere Tage nach Ankunft der fünf Freunde bis ganz in der Ferne zu allen Seiten der Stadt Nordfeste eine schwarze Front über dem umliegenden Grasland auftauchte. Das waren sie. Die Orks. Schon bald war ein Belagerungsring aus diesen Kreaturen um die einzig nennenswerte Ortschaft dieser Region gebildet. So hätten die Orks die Einwohner der Stadt auch leicht aushungern können, doch die Orks und damit auch die Hexe hatten wohl andere Pläne. Noch drei Tage später erfolgte die erste Angriffswelle auf die Stadt Nordfeste. Diese Angriffswelle erfolgte in der Nacht und war sehr heftig und wurde ziemlich ungestüm vorgetragen. Dass dieser Angriff der Orks erfolgreich zurückgeschlagen werden konnte, lag auch im Verdienst unserer fünf Charaktere begründet. Die gegnerischen Orks setzten sogar Brandpfeile und Brandgeschosse ein, wohl in der Hoffnung, die Stadt, die ja aus Holz gebaut war, sozusagen endgültig vernichten zu können. Doch die Einwohner von Nordfeste, die nicht direkt an den Kämpfen teilnahmen, konnten genug Wasser herbeischaffen, um entstehende Brandherde nahezu im Keim zu ersticken. Die Verteidigung der Stadt vor den anstürmenden Orks war hoch organisiert und wohl durchdacht. So konnte der erste Angriff, unter hohen Verlusten zwar, aber dennoch zurückgeschlagen werden. Der

Belagerungsring um die Stadt herum hatte sich gelichtet, denn auch die Orks hatten schwere Verluste erlitten. Die Belagerung der Stadt konnte jedoch immer noch aufrechterhalten werden. Und immer noch verfügten die Orks über einige Trolle und Oger, welche die Orkstreitkräfte verstärkten. Der nächste und zweite Angriff wurde von den Bewohnern der Stadt Nordfeste und den fünf Gefährten erwartet. Vielleicht wollten die Orks damit warten, bis ihrerseits Verstärkung eingetroffen war. Und es kam auch Verstärkung. Allerdings für die Bewohner von Nordfeste. Schon zeitig war die Verstärkung für die Nordmänner in der Steppengrasebene zu sehen. Doch wurden diese zusätzlichen Männer und Frauen von den Orks erst dann angegriffen, als diese den Belagerungsring der Orkstreitkräfte erreicht hatten. Warum die Orks nicht schon vorher angegriffen hatten, blieb unerklärlich. In der Stadt entschied man sich dafür, die Gunst der Stunde zu nutzen, um einen Ausfall mit Mann und Maus zu wagen und der offensichtlichen Verstärkung zu Hilfe zu kommen. So konnte diese Verstärkung dann auch mit einem kontrollierten Rückzug vom Belagerungsring-schlachtfeld bis hinter die Stadttore im Osten in die Stadt Nordfeste hineingeführt werden, um gleich danach die Stadttore wieder zu schließen und die Orkstreitkräfte auszusperren. Den paar Orks, denen es dennoch gelang die Stadt zu betreten, war schon ziemlich bald der Garaus gemacht. Es war ein heftiger und kurzer Kampf rund um das Osttor der Stadt Nordfeste. Aber auch dieser wilde Angriff konnte erfolgreich zurückgeschlagen werden. Nach dieser Attacke kehrte eine bedrohliche Ruhe ein. Von den Orks, die sich von den Nordfestern wieder einmal geschlagen, zurückzogen, um den Belagerungsring um die Stadt herum aufrecht zu erhalten.

Im großen Rathaus der Stadt wurde am nächsten Morgen, nach einer Nacht, ohne dass weiter Zwischenfälle zu verzeichnen waren, eine Lagebesprechung abgehalten, um zu entscheiden, was im weiteren getan werden sollte. Unsere fünf Charaktere waren natürlich auch anwesend. „Wir sollten einen Ausfall machen. Die paar Orks erschlage ich alleine. Mit verbundenen Augen und sogar mit der linken Hand.“, meinte Tarek, der Zwerg. Offensichtlich immer noch völlig im Blutrausch. „Nimm dir bloß nicht zu viel vor, du Gnom.“, sagte Sorresson, der Nordmann, daraufhin sehr trocken. So brabbelte sich Tarek als Reaktion darauf wieder einmal etwas Unverständliches in seinen überaus langen und prächtigen Bart. Doch die Worte „Sorresson“ und so etwas wie „gleich mit erschlagen“ waren trotz allem überdeutlich zu verstehen. Man einigte sich zum Schluss der Besprechung dann aber doch darauf, noch abzuwarten und die Position in der Stadt Nordfeste bis auf weiteres zu halten. Tagelang passierte nichts im Nachhinein. Die Orks verhielten sich verdächtig ruhig und hielten den Belagerungsring um die Stadt aufrecht. Tarek, der Zwerg, war recht ungeduldig und ungehalten. Denn er war überhaupt nicht damit einverstanden zum Nichtstun verdammt zu sein. Seine Axt dürstete es nach Orkblut, nach eigenen Aussagen. Eine offene Schlacht wäre ihm dann auch lieber gewesen als sich nur ganz feige hinter irgendeiner Palisade zu verstecken. Seine übrigen vier Freunde hatten große Mühe ihn im Zaum zu halten und zu beruhigen.

Es kam die Nacht in der die Orks einen zweiten Großangriff auf die Stadt Nordfeste ausführten. Dabei gingen sie wie beim ersten Angriff vor. Und wieder mit Brandpfeilen und Brandgeschossen. Gerade Tarek, der Zwerg, schwang seine Zwergenaxt wie eine große Sense hin und her und mähte seine Gegner sprichwörtlich nieder. Über seinen Eifer zu töten konnten seine Verbündeten nur wahre Bauklötze staunen. Nicht zuletzt durch diesen großen Feuereifer konnte auch dieser zweite Orkangriff erfolgreich abgewehrt werden. Auch dieses zweite Mal hielten die Verteidiger dem erneuten Angriff der Orks stand. Dennoch waren viele Todesopfer zu beklagen. Aber auch die Orks hatten zahlreiche tote hinzunehmen. Dieser zweite Angriff hatte die Reihen der angreifenden Belagerer sehr gelichtet und es war für diese auch keine nachrückende Verstärkung in Sichtweite. So beschlossen die eingeschlossenen Bewohner der Stadt Nordfeste dann auch ziemlich rasch, dann doch einen Ausfall zu wagen.

Am Morgen des zweiten Tages nach dem voran gegangenen zweiten Angriff wurde das Nordtor geöffnet und die Belagerten strömten mit allen ihnen zur Verfügung stehenden Streitkräften heraus. Tarek war außer sich vor Freude und wieder einmal völlig in seinem Blutrausch gefangen. Tatsächlich gelang es auch den Belagerungsring aufzusprengen und die Orks tüchtig aufzumischen. Da Orks todesverachtende Krieger waren, musste diese wohl entscheidende Schlacht geschlagen werden bis auch der letzte Ork leibhaftig ins Jenseits befördert worden war. Es war schon erschreckend zu sehen, wie wenige Verteidiger sich am Ende noch auf ihren Beinen halten konnten, bis dies vollbracht war. Tarek schrie einen triumphierenden Urschrei in die Welt Ystra hinaus, mit hoch erhobener Axt, als der Sieg der Nordfester Realität war.

Danach galt es die Toten zu begraben, auch die Orks, und die Verwundeten zu versorgen. Der Spuk der Belagerung war endlich vorüber. Doch das Problem mit der Hexe an der Küste, die diese Belagerung in Auftrag gegeben hatte, blieb bestehen. Die letzte Schlacht war fürs erste geschlagen. Nur die Brandstifterin dieses Konflikts blieb unbeschadet in einiger Entfernung zurück. In ihrem Schloss vor der Küste. In nördlicher Richtung von der Stadt Nordfeste aus, gesehen.

Natürlich waren unsere fünf Freunde gesucht, der Hexe den Garaus zu machen und die Verursacherin des Konflikts zwischen Orks und den Bewohnern von Nordfeste zu beseitigen. Die Charaktere gönnten sich zwei Tage Ruhe und Erholung, bevor sie sich für diese Aufgabe ausrüsteten. Danach führte der Weg schnurstracks nach Norden. Einem neuen Abenteuer und einer neuen Queste entgegen. Während sich die Einwohner von Nordfeste bereits jetzt schon daran machten, ihre Stadt wieder her zu richten.

Die Hexe

Der Hexe den Garaus machen. Aber wie? Diese Frage beschäftigte die fünf Charaktere immer wieder auf ihrem langen Marsch nach Norden an die Küste von Ystra. Sie versuchten sich einen Schlachtplan zurechtzulegen und sich eine genaue Vorgehensweise vorzuschreiben. Doch war dies nicht ganz so einfach, da niemand so genau sagen konnte, was sie eigentlich genau erwartete.

Unterwegs mussten sie sich sogar zweimal mit je einem Orkhaufen herumschlagen und konnten diese Angelegenheiten zum Glück erfolgreich hinter sich bringen. Offenbar hatte die Hexe noch ein paar Untergebene in der Hinterhand als Reserve.

Schließlich war die Küste erreicht und das Schloss der Hexe in der Ferne auf einer vorgelagerten Insel zu sehen. Die fünf Freunde rückten näher heran. Es war eher eine Schlossruine als ein intaktes Schloss. Endlich standen die Abenteurer an der Küste dem Schloss gegenüber. Es stellte sich die Frage, wie sie auf die Insel gelangen sollten, denn ein Boot oder ein Schiff war nirgends zu sehen. Lohrin, der junge Magier, warf einen Teleportationszauber, durch den seine Gruppe sehr bequem, schnell und einfach auf die kleine Insel gelangen konnte. Es blieb nur die Frage, ob seine Zauberkräfte auch ausreichten, um ihn und seine Freunde nach Erledigung des Auftrages noch auf die gleiche Weise erfolgreich zurückbringen zu können.

Und so standen die fünf Abenteurer vor dem geschlossenen, wohl Haupteingangstor und überprüften noch einmal ihre Ausrüstung, bevor es weitergehen sollte. Von einem Turm der Schlossruine aus, stürzten sich drei Harpyien auf die kleine überschaubare Gefährtenschar. Diese konnten diesem durchaus heftigen Angriff jedoch und zu jeder Zeit widerstehen. Zumal die Harpyien ihren Angriff mit einem Mal abbrachen und in südlicher Richtung davonflogen. Dem Festland entgegen.

Mit so heftiger Gegenwehr hatten diese Kreaturen wohl nicht gerechnet. Der Weg zum Eingangstor stand damit offen. Das Tor war denn auch nur geschlossen und nicht verschlossen, wie sich leicht herausstellte und so traten die Abenteurer in das Innere der Schlossruine ein. Eigentlich hatten sie sich auf eine Menge Abwehrzauber und Fallen eingestellt, aber anscheinend hielt dies die Hexe wohl nicht für nötig. So standen die Gefährten in einer sehr großen Halle, die vollständig das Innere des Schlosses oder der Schlossruine vielmehr, einnahm. Im hinteren Teil der linken Wand, ganz am Ende, führte eine schwere, mit Eisen beschlagene Eichenholztür weiter in den wohl einzigen Turm dieses Schlosses. Überall auf dem Boden der großen Halle lagen die Überreste an Knochen menschlicher Skelette herum. Es war ein schier wahlloses Durcheinander.

Als die Charaktere die große Halle etwa zur Hälfte durchquert hatten, kam Leben und Bewegung in die Knochenüberreste. Sie setzten sich durch Zauberhand zu menschlichen Skeletten zusammen, die mit rostigen Waffen in der Hand auf unsere fünf Freunde von allen Seiten her einprügelten.

Die fünf Abenteurer hatten ihre liebe Mühe, diesem vehementen Angriff standzuhalten. Zumal die Skelette ja von allen Richtungen her angriffen. Doch auch diese Schlacht konnten die Fünf Freunde für sich entscheiden. Auch, wenn es eine Weile dauerte, bis es letztendlich so weit war. Sie wussten zudem, dass hinter diesem Scharmützel die Magie der Hexe stecken musste. Es war auch deswegen ein schwerer Kampf, da die Untoten als Untote gegen Lohrins Energielanzenzauber immun waren, und sich Lohrin deshalb, wie Mara auf Heilzauber beschränkte, um sich und Ihre Mitkämpfer bei Bedarf zu heilen.

Schließlich wand sich die Gruppe der schweren Eichenholztür zu, um den Turm des Schlosses zu betreten. Dahinter führte eine Wendeltreppe in den ersten Stock. Entlang der Wände standen fünf Steinstatuen. Die fünf Freunde traten gänzlich in das Erdgeschoss des Turmes ein und wurden Zeugen, wie sich die fünf Statuen, Wasserspeier oder Gargylen plötzlich bewegten und zum Angriff übergingen. Auch diesen Kampf konnten die fünf Abenteurer zuletzt für sich gewinnen und so war über die Wendeltreppe an der Wand der Weg in den ersten Stock frei.

Im ersten Stock des Turms befand sich ein komplett leerer Raum, in dessen Mitte ein mannshoher Spiegel stand. Weitere Eingänge oder Ausgänge waren hier vor Ort nicht zu erkennen. Die Charaktere wussten, dass der Turm höher sein musste als nur diese beiden Etagen Erdgeschoss und erster Stock. Denn er war von außen sehr hoch nach hinten raus an den großen Hauptteil des Schlosses angeschmiegt.

Lohrin, der junge Magier, nahm den Spiegel im Raum unter die Lupe und betrachtete den Spiegel genauer. Er wirkte fast wissend einen Magieerkennungszauber im Raum. Der Spiegel leuchtete dadurch rot auf. Er war also magisch. Prüfend blickte Lohrin den Spiegel an und streckte dann, eine gefühlte Ewigkeit später, seine Hand nach dem Spiegel aus. Seine Hand verschwand in dem Spiegel. Er konnte also durch das Spiegelbild hindurchgreifen. Schnell zog er seine Hand wieder zurück.

Die fünf Freunde beratschlagten mit diesem Wissen nun, was zu tun wäre. Man kam übereinstimmend zu dem Schluss, todesmutig in den Spiegel hineinzuspringen. Alles Weitere würde sich dann sowieso ergeben. Sich der möglichen Risiken bewusst, sprangen die fünf Abenteurer also zügig nacheinander in das Spiegelbild hinein. Ohne Gewissheit, was genau sie auf der anderen Seite erwarten würde. Zuerst sprangen die Kämpfer der Truppe, zuletzt die Magiebegabten Mara und Lohrin. Offenbar konnte man so in eine andere Ebene des Turms gelangen. Ein Spiegel, als magischer

Eingang natürlich, war hier an der Wand aufgehängt, durch den die Gefährten in diesen nächsten Raum hineinspringen konnten. Im Boden war eine geschlossene Falltür eingelassen.

Hier war sie dann. Und da stand sie auch. Die Hexe. Und sie war nicht allein. Denn vor ihr standen zwei Reihen an menschlichen Skeletten. Rechterhand von ihr erhob sich ein Podest. Auf dem eine große Kristallkugel oder Glaskugel lag, in dessen Inneren ein weißblaues Licht fluoreszierte.

Tarek warf seine Axt, einem inneren Impuls folgend und nahezu geistesgegenwärtig in Richtung dieser Kugel und traf sie auch. Die Glaskugel zerbarst in tausend Splitter und das fluoreszierende weißblaue Licht erstarb von einem Moment auf den anderen. Augenblicklich zerfielen daraufhin die Skelette zu Staub. Diese Abwehrreihen der Hexe waren also überwunden.

Mit einem wütenden fast unmenschlichen Schrei warf die Hexe einen Zauber auf Tarek, der ihm eine erhebliche Menge Wasser aus dem Körper zog. Mit einem lauten Ächzen und einem Fluch auf den Lippen ging der Zwerg zu Boden. Mara und Lohrin sprangen herbei, um ihren schwer getroffenen Freund mit je einem starken Heilzauber zu versorgen. Während Sorresson und Rydran vorwärts drängten, um die Hexe zu attackieren. Diese wusste sich mit ihrem Dolch zu verteidigen und hielt den Angriffen der beiden Krieger stand.

Als Tareks Gesundheit wieder hergestellt war und der Zwerg wieder auf seinen Füßen stehen konnte, löste sich die Hexe vor den Augen der Gefährten in Luft auf. Auf einmal war die böse Hexe nicht mehr da und auch nicht mehr in diesem Raum zu sehen. Verdutzt blieben die fünf Freunde zurück. Lohrin warf einen Zauber zur Magieerkennung in den Raum. Doch diesmal war keine rot aufleuchtende Magie im Raum zu erkennen. Außer dem Spiegel an der Wand, durch den die Gefährten diese Etage betreten konnten. Offenbar hatte die Hexe diese Örtlichkeit durch einen Teleportationszauber verlassen und eben nicht einfach nur einen Unsichtbarkeitszauber gewirkt. Der Feind hatte also Fersengeld gegeben und das Weite gesucht.

So konnten sich die Abenteurer ganz beruhigt und ungestört der Falltür im Boden zuwenden. Die sich auch leicht öffnen ließ. Über eine Steintreppe kam man so in die dritte Ebene. Der Raum in dieser Ebene war über und über mit offenen Schatztruhen versehen, aus denen abertausende Goldmünzen hervorquollen. Schier sprachlos bar solchen Reichtums beratschlagten dann aber im Folgenden die fünf Freunde, wie sie weiter vorgehen sollten. Man entschied sich dafür, nur so viele Goldmünzen mitzunehmen, wie sie denn auch wirklich tragen konnten und die Verantwortlichen der Stadt Nordfeste später über diesen Fund dieses

Schatzes zu informieren. Damit er von der Insel geborgen und in die Stadt auf dem Festland gebracht werden konnte. Auch um die Kassen der Stadt Nordfeste kräftig aufzufüllen.

Nachdem die Abenteurer ihre Taschen und Rucksäcke ihrerseits bis zum Anschlag gefüllt hatten, machten sie sich an den Rückweg. Zum Glück hatte Lohrin, der junge Magier, noch genügend magische Kraft in sich, um sich selbst und seine vier Gefährten von der Insel aufs Festland wieder mittels eines Teleportationszaubers zu befördern. Und so machten sich die fünf Abenteurer auf ihre lange Rückreise durch das weit ausgedehnte Marschland Richtung der Stadt Nordfeste. Gut gelaunt war die kleine Truppe, denn sie konnten endlich einmal einen wirklich guten Lohn für all ihre Mühen einheimsen. Auch wenn es nicht gelungen war, die Hexe zur Strecke zu bringen.

Diese stand, geschützt durch einen Unsichtbarkeitszauber, in einiger Entfernung und sah dem illustren Treiben der fünf Charaktere zu.

„Wir werden uns wiedersehen.“, sagte sie leise zu sich selbst. „Und dann werde ich grausame Rache nehmen.“ Ein hässliches und verschlagenes Grinsen machte sich in ihrem Gesicht breit.